共和国的历程

运动防御

志愿军发起第四次战役

周广双　编写

蓝天出版社　吉林出版集团有限责任公司

图书在版编目（CIP）数据

运动防御：志愿军发起第四次战役／周广双编写.
—北京：蓝天出版社，2014．1（2023.3重印）
　（共和国的历程）
　ISBN 978-7-5094-1086-8

Ⅰ．①运… Ⅱ．①周… Ⅲ．①革命故事—作品集—中国—当代 Ⅳ.
①I247．8

中国版本图书馆 CIP 数据核字（2013）第 305416 号

运动防御——志愿军发起第四次战役
编　　写：周广双
策　　划：金永吉　　荆忠峰
责任编辑：祖　航　梅广才
出版发行：蓝天出版社　吉林出版集团有限责任公司
地　　址：北京市复兴路 14 号
邮　　编：100843
电　　话：010—66983715
经　　销：全国新华书店
印　　刷：北京柏玉景印刷制品有限公司
开　　本：710mm×1000mm　1/16
字　　数：69 千
印　　张：8
版　　次：2014 年 4 月第 1 版
印　　次：2023 年 3 月第 3 次
定　　价：29．80 元

前　言

　　中华人民共和国自 1949 年 10 月 1 日成立以来，已走过了六十多年的风雨历程。历史是一面镜子，我们可以从多视角、多侧面对其进行解读。然而有一点是可以肯定的，那就是，半个多世纪以来，在中国共产党的领导下，中国的政治、经济、军事、外交、文化、教育、科技、社会、民生等领域，都发生了深刻的变化，中国人民站起来了，中华民族已屹立于世界民族之林。

　　这段时间放到整个历史长河中是短暂的，有如弹指一挥间，但它带给中国的却是极不平凡的。六十多年里神州大地经历了沧桑巨变。从开国大典到 60 年国庆盛典，从经济战线上的三大战役到经济总量居世界前列，从对农业、手工业、资本主义工商业的三大改造到社会主义市场经济体制的基本确立，从宜将剩勇追穷寇到建立了强大的国防军，从废除一切不平等条约到独立自主的和平外交政策，从"双百"方针到体制改革后的文化事业欣欣向荣，从扫除文盲到实施科教兴国战略建设新型国家，从翻身解放到实现小康社会，凡此种种，中国人民在每个领域无不留下发展的足迹，写就不朽的诗篇。

　　六十几年在历史的长河中犹如沧海一粟，但对身处其间的个人却是并非无足轻重的。其间究竟发生了些什么，怎样发生的，过程怎样，结果如何，非人人都清楚知道的。对此，亲身经历者或可鲜活如昨，但对后来者却可能只是一个概念，对某段历史的记忆影像或不存在或是模糊的。基于此，为了让年轻人，特别是青少年永远铭记共和国这段不朽的历史，我们推出了这套《共和国的历程》。

《共和国的历程》虽为故事形式，但与戏说无关，我们是想借助通俗、富于感染力的文字记录这段历史。这套丛书汇集了在共和国历史上具有深刻影响的重大历史事件。在丛书的谋篇布局上，我们尽量选取各个时代具有代表性的或深具普遍意义的若干事件加以叙述，使其能反映共和国发展的全景和脉络。为了使题目的设置不至于因大而空，我们着眼于每一重大历史事件的缘起、过程、结局、时间、地点、人物等，抓住点滴和些许小事，力求通透。

历史是复杂的，事态的发展因素也是多方面的。由于叙述者的视角、文化构成不同，对事件的认知或有不足，但这不会影响我们对整个历史事件的判断和思考，至于它能否清晰地表达出我们编辑这套书的本意，那只能交给读者去评判了。

这套丛书可谓是一部书写红色记忆的读物，它对于了解共和国的历史、中国共产党的英明领导和中国人民的伟大实践都是不可或缺的。同时，这套丛书又是一套普及性读物，既针对重点阅读人群，也适宜在全民中推广。相信它必将在我国开展的全民阅读活动中发挥大的作用，成为装备中小学图书馆、农家书屋、社区书屋、机关及企事业单位职工图书室、连队图书室等的重点选择对象。

编　者

2014 年 1 月

目 录

目 录

一、 南岸阻击战

● 陈有智拔出两枚手榴弹，纵身越过公路，只见红光一闪，对方的机枪随着两声巨响变成哑巴了。

● 郭家兴带头猛冲，突入敌群，边扔手榴弹边打驳壳枪，子弹打光了，就抡起步枪向对方砸去，直至中弹牺牲。

● 战士们攀上高仰的炮筒，把手榴弹投进炮口，不到几分钟，20多门榴弹炮都变成了一堆废铁。

打响汉江南岸防御战

1951 年 1 月，自从第三次战役结束以后，志愿军转入休整。

这几天，彭德怀一直在考虑志愿军下一阶段的作战问题。忽然电话铃急促地响了起来："敌人发起了全面进攻！"

志愿军总部立即下达命令，要求各军立即进行作战准备，集中足够兵力，对进犯之敌予以重创！

"联合国军"方面，在三次战役失败以后，也在不断总结经验教训。总司令麦克阿瑟在总结志愿军的作战特点时，他说：

"志愿军常常避开大路，利用山岭、丘陵进行纵深穿插。他们总是插入我军的纵深发起攻击，中国步兵手中的武器运用得非常熟练充分，比美军士兵强多了。他们习惯于在夜间作战，常常出其不意地发动攻击。

"志愿军的供应还可以，步兵训练优良，携带的小型武器和轻便装备比较多。志愿军的弱点是，几乎没有起支援作用的空军，而且大炮、高射炮、运输和交通设备等方面都特别缺乏。

"中国的军事力量缺乏工业基地，甚至连建立维持和运用普通海军所需要的原料也缺乏。它无法供应顺利进行地面战斗所必需的装备，如坦克、重炮和战争中已被使用的其他科学发明。"

美军第八集团军司令李奇微，根据志愿军的这些作战特点，研究部署了一系列的行动计划。

首先，针对第八集团军相当多的官兵已经失去了胜利的信心，牢骚满腹、颓废不振、不思进取，甚至还出现了逃兵的情况，他要设法迅速扫除"联合国军"的失败情绪，恢复部队的荣誉和士气。

于是，李奇微调整了美军的人员任用，对一些执行命令不坚决的军、师长予以撤职，他还让陆、海、空三军相互学习交流，以求提高整个部队的战斗能力。

在做了充分的准备之后，李奇微仍然不敢贸然行动。经过两天挖空心思的考虑，他决定采取"狼狗行动"。

李奇微对"联合国军"的指挥官们说："见过狼狗吗？那么就向它学习吧！像狼狗那样趁共军不备之时凶狠地咬上去，如果遭到共军的激烈反抗就灵活地跑开。反复多次，直到把他们弄得筋疲力尽、暴露行踪为止，这就是'狼狗行动'的目的。"

接下来，李奇微又想出了个更狠的招数，他让空军把目标锁定志愿军的后方运输线。命令空军炸毁朝鲜北部通往中国的桥梁，直接轰炸志愿军的车辆和囤积物资。

李奇微的"狼狗行动"给志愿军的后勤供应造成了很大障碍，这引起了彭德怀的忧虑。

李奇微对"狼狗行动"感到很满意。通过试探性的进攻，他认为志愿军的最大弱点就是后勤供应严重不足。

南岸阻击战

他发现志愿军由于粮食弹药供应不上，每次攻击只能持续一周，是典型的"礼拜攻势"。同时，志愿军缺乏重型武器装备，很难抵挡美军坦克、飞机、重炮等武器的立体进攻。

鉴于以上认识，李奇微决定采取"磁性战术"和"火海战术"，对志愿军发起全面进攻。

在这种情况下，志愿军决定以一部兵力在西线组织防御，牵制"联合国军"主要进攻集团；在东线有计划地后退，待"联合国军"一部态势突出、翼侧暴露时，集中主力实施反击，从翼侧威胁西线"联合国军"主要进攻集团，以动摇其布势，制止其进攻。

彭德怀立即致电第五十军、第三十八军一一二师和第四十二军一二五师。他指出：

> 你们此次位于汉江南岸，保持桥头阵地，保证和掩护志愿军主力进行休整补充。你们这一任务是艰苦的，但又是光荣的，相信你们一定有信心完成。现提出注意事项，注意工事构筑，并合乎战术和隐蔽的要求；由军至营要完成周密的通讯联络；组织严密的警戒观察与灵活的侦察袭扰，随时改变自己的对策，不使敌人摸着我之规律；汉江需架几座便桥，保持后方交通安全。

就这样，一场大战在汉江南岸正式打响了！

夜袭水原城

水原，位于汉城市南44公里处。

1951年1月25日夜，志愿军的勇士们决定向水原城发起夜袭战。

在决定夜袭水原城的前一天，八连九班奉命进城侦察，结果全城空无一人，倒是城内的仓库里堆满了作战物资，什么都有，好多白面、罐头仓库里放不下，就堆在仓库外面的屋檐下，战士们就索性背了点吃的东西回来。

很快，八连接到团里的通知，叫各连队准备第二天派人进城扛些"战利品"回来。

此时，已临近春节，我军补给尚未跟上，食品奇缺，这"洋财"，是美军在我军第三次战役打击下，仓皇溃逃时留下的，不捡白不捡。

1月8日，第三次战役结束，志愿军主力转入休整，准备于两个月后再发动春季攻势。

志愿军第五十军停止追击后，将已推进至"三七线"上的部队，全部撤回至水原以北山地转入防御。部队的动员令是：

我们在前面顶着，掩护主力整补，准备打

大仗！

根据军的防御部署，第一四九师四四七团奉命坚守水原城以北的白云山地域。

1月25日天亮后，八连正准备带人下山"弄点白面、罐头回来"，七八点钟，大批美机突然临空，一阵狂轰滥炸之后，对方坦克引导步兵对我前沿的警戒阵地发起了猛烈进攻。

12时，对方推进到志愿军前沿阵地前，但对方的攻势随即被阻止。

17时，当面进攻的"联合国军"撤出战斗，退缩回水原城据守。

原来，第三次战役结束后，新上任的美第八集团军司令官李奇微发现，志愿军三次战役的周期均为一周，显然，这是志愿军在无制空权、后勤补给难以接济的条件下，步兵携带量仅能支持的作战时间。

发现志愿军客观存在的弱点后，美军迅速从日本、欧洲和本土的驻军调集大批老兵补充部队，将原驻防釜山的美第十军调至"三七线"附近。

当日，美军集中了5个军共16个师、3个旅、1个空降团，计23万余人的地面部队，并在远东全部航空兵、装甲兵的掩护下，分东、西两线，由西至东向志愿军发起全线大规模进攻。

这次反扑，美军主力集中于西线，重点在野牧里至金良场里约 30 公里的线上正面展开，沿"京釜国道"向汉城方向实施主要突击。

在水原城以北野牧里至安庆川 40 公里地带组织防御的志愿军第五十军首当其冲。控扼"京釜国道"咽喉的白云山为双方必争之战略要地。

面对对方的突然反扑，为查明他们的情况，打乱对方的进攻部署，1 月 25 日夜，第五十军一四九师四四七团三营副营长戴汝吉奉命率该营第八连和师侦察连、团侦察排 200 余人夜袭水原城。

戴汝吉等人的任务是率部插入对方心脏，把水原城搅他个底朝天，杀杀他们的锐气，再抓个俘虏回来，问问两个来月溃不成军的美国佬究竟要搞什么名堂。

夜袭水原城的任务是艰巨的，水原城距我前沿七八公里，又是风雪夜，地形不熟，敌强我弱，志愿军唯一的优势，就是一个"敢"字，敢近战夜战，敢刺刀见红！

戴汝吉是一位长春起义的原国民党上尉军官，他的故乡在云南丽江。

丽江纳西人的忠勇是有名的，两届"云南王"唐继尧、龙云招募保驾侍卫的士兵多垂青于丽江玉龙雪山养育的子弟。

戴汝吉的忠勇，在旧军队是冲着栽培自己的长官。长春起义后，经过以"泪血大控诉"为主要形式的政治整训，他便成了中国共产党忠肝义胆的追随者。

面对重重困难，戴汝吉受领任务时，只提了一个苦

南岸阻击战

苦追求近两年未能遂愿的要求："如果我牺牲了，请追认我为共产党员！"

按照夜袭水原城的协同计划，团侦察排为佯攻分队，在水原城南门外5公里处以火力袭扰对方，把对方的注意力吸引过去；师侦察连为掩护分队，在北门城外占领水原城东北侧岘南山高地，负责掩护接应；戴汝吉率第八连为突击分队，由北门插入水原城。

夜幕落下后，戴汝吉率领夜袭分队出发了。

夜袭分队的尖兵组，由八连七班李班长率领三人组成。不知道是不是迷路原因，尖兵组上路没多久，就与夜袭分队本队失去联系。好在一路寂静无人，夜袭分队顺利摸到了水原城北门外。突击分队和掩护分队随即行动。

水原城北门外有一座小桥，对方第一道岗哨就设在附近。

突击分队刚一接近，就听到"哈罗"一声，被对方岗哨发现了。机枪手倪玉成正要开枪，被戴汝吉按住，"别管他，抓紧时间往里插！"对方哨兵见我军战士大摇大摆的样子，以为是"自己人"，便不再叫喊了。

很快，突击分队进至水原城下。在距城墙50米处，突击分队又被城墙上的岗哨发现了。走在突击分队前头的戴汝吉临危不惧，继续带领突击分队往城里猛插。对方见他们答不上来口号，就轻重机枪一起开火。把突击分队主力死死地压在了城外小平房一线。

此时，排长吴亮带着几个人也被对方的火力压在了公路旁边的水沟里。

紧要关头，戴汝吉果断下令第八连由偷袭转入强攻：

"陈有智，快把对方机枪火力点干掉！"

陈有智拔出两枚手榴弹，纵身越过公路，只见红光一闪，对方的机枪随着两声巨响变成哑巴了。

"同志们，跟我冲啊！"戴汝吉带着人刚冲进街口，突然身后枪声大作，周围的探照灯也陆续打开了。

他回头一看，10多道火舌把夜袭分队拦腰斩断，主力被对方猛烈的火力死死地压在城外，进入城内的，也处在对方的火网之中。

狭路相逢勇者胜，戴汝吉果断地命令身边的战士："跟着我往里打！"随即，带人冲进北门。

吴亮带着本排几名战士一进北门，就一鼓作气冲上城墙，将对方赶下城墙。

听到城墙下面的一栋房子里传出了"嘀嘀嗒嗒"的发电报声音，吴亮又带人冲进了对方的发报机房。但里面早已人去楼空，他们便用枪托将对方的发报机打了个稀巴烂。

趁战斗间隙，吴亮清点了一下人数，结果算上自己总共只有8个人。

此时，他们与前面先突入城内的副营长戴汝吉失去了联系，而后面的突袭分队又没有跟上来。

这该怎么办？大家纷纷出主意，想办法。有的战士慌了，甚至主张退回城外。

南岸阻击战

吴亮断然拒绝说："不行！我们的任务是从北门突进去，夜袭对方。副营长已经进城了，我们一定要冲进去找到副营长。"

随即，派营部掉队的通信员出城，请求连长迅速派一个排的兵力，前来控制城北门。

然后，吴亮率领其余人员顺着大街往南走了下去。

走了几百米，对方增援部队乘坐大卡车迎面开了过来，吴亮正准备伏击，对方的卡车左转驶向了另一条街区。于是，吴亮带人继续向南前行。

又走了一段路程，吴亮他们恰巧与戴汝吉等人相遇。

原来，当戴汝吉等人一口气插到街中心，在十字路口右边发现了一座"大洋楼"，楼房四周被黑森森的树丛和铁丝网围绕着，院子里停着 1 辆坦克和 7 辆吉普车，灯火通明，人声嘈杂，几辆吉普车发动着，对方慌乱成一团。

显然，此地是对方的一个指挥机关。

戴汝吉与吴亮等会合后，一清点人数，算上自己总共 18 人。他问吴亮："你带手榴弹没有？"

"带了。"吴亮回答道。

戴汝吉迅即作了战斗部署："倪玉成，你带一个组封锁街口；廖忠良，堵住院门；王洪讯砍断楼房周围的电话线；其余人员跟着我往里猛打！"

话音刚落，手榴弹、冲锋枪、轻机枪像突如其来的风暴卷向"大洋楼"。

冲进院子的三排长陈有智先用冲锋枪封住"大洋楼"大门，李春成敏捷地跃了上去，朝里面扔了两枚手榴弹。

手榴弹爆炸的瞬间，另一位战士乘机向楼门冲去。不料，被楼梯、窗口射来的子弹击中。

第一波冲锋受挫后，吴亮和一排长王洪讯、六班长李影朝等4人再次冲进"大洋楼"。吴亮刚冲进楼，就被对方的手榴弹炸了出来。

戴汝吉见吴亮抱着右手，鲜血顺着袖子直往下流，关切地问道："吴亮，能行吗?"

"行!"吴亮咬着牙，二话没说又冲了进去。

不一会儿，便从楼里连拉带扯地拖出一名脖子上挂着卡宾枪的美军俘虏。

借着对方的探照灯，戴汝吉发现俘虏的臂上戴着"MP"字样的臂章，高兴地大喊起来："同志们，我们抓到对方宪兵了。这是对方的指挥所，往里冲啊!"

十八勇士犹如锋利尖刀，狠狠捅进"大洋楼"，把对方五脏六腑搅了个七零八落，打得白天趾高气扬的美国大兵鬼哭狼嚎、抱头鼠窜，就连那辆坦克也逃得无影无踪。

在攻占了"大洋楼"之后，戴汝吉捡了一双长筒毛线袜子穿了上去，随即下令将不能带走的汽车和军用物资全部烧毁，押上俘虏，从东门迅速撤离了战场。

南岸阻击战

十八勇士喋血高地

就在十八勇士夜袭水原城的第二天晚上，第五十军一四九师四四五团一营教导员林家保奉命率所属第二连，加强一个重机枪排，插到水原城守军侧后，占领381高地，坚守到第二天2时，与第四四七团的夜袭分队相配合，准备再次袭扰对方。

那是一个风雪交加的夜晚，咆哮的北风卷着冰冷的雪片，狂暴地扫荡着山野和村庄，像刀子、像针尖、像铁钉，劈头盖脸地直刺野外行进者的肌骨。

部队在迎风的山脊上行进。谷地的雪没膝深，走不动，怕误时，也怕遭到对方伏击。山脊上的风很大，但雪比较少，对方炮击的弹坑也多，土很松，走起来声音小，一旦被对方发现，可以就地展开战斗，在攻守进退方面都比谷地要方便。虽说是山脊透空，容易暴露，但两相比较，只能取其轻了。好在美国兵像乌龟一样，都缩得远远的，一路上还算平安。

夜24时，经过4个小时的急行军，林家保看到前面的山头有点像381高地，传令部队停止前进，而后招呼几个人扯开棉大衣把自己和第二连连长苏绍卿围在里面，用手电筒看地图。

"对，这就是381高地。"林家保手指地图告诉苏绍卿。

苏绍卿把头往外一探，自言自语地说了一句："怎么没有敌人呀？"

"哈罗！"381高地上的美军哨兵叫了一声，距离只有七八十米。

通信员赶紧关闭手电筒。林家保迅速收起地图。

"哈罗！"美军哨兵又叫了一声。

"哒哒哒……"381高地上的枪声响了。

"教导员，怎么办？"苏绍卿请示道。

林家保一看地形，部队正处在两山之间的鞍部，撤，没希望，一旦对方打开探照灯，不用别的，几挺机枪一扫，部队就全完了。

林家保心一横："拼了！拿下381高地。"说罢，提着手枪带头冲了上去。

"冲！"100多条血性汉子一起狂吼着向前冲了过去，这气势压住了咆哮的北风，也压垮了美国大兵用飞机、大炮勉强垒起的精神支柱。

当林家保他们接近对方主阵地时，探照灯亮了。林家保立即高喊一声："卧倒！"没等林家保自己卧下来，前面10米开外的一个暗堡喷出一道火舌，一个短点射，3发子弹射穿了林家保的右肩，他一头栽倒在地上，昏迷过去。

很快，林家保醒了。他习惯地坐了起来，想摸枪，可右手怎么也抬不动，他这才知道自己负伤了，于是，

南岸阻击战

又用左手摸枪。还没等他摸到枪，前方的暗堡又喷出一道火舌，将两发子弹补到了林家保的肚子上，他再次昏迷过去了。

不一会儿，林家保恍恍惚惚感觉到有人在抱自己，使劲睁开眼睛一看，是从蒋介石御林军解放过来的浙江籍战士、营部通信员钱善灏。

也就在看清钱善灏的一瞬间，暗堡里又打出一梭子子弹，1发打中钱善灏脖子上的动脉，3发射到林家保的左肩。钱善灏一头倒在林家保身上，滚热的血喷向林家保的脖子和前胸，和林家保的热血汇成一道血流，染红了身下一片莹莹白雪。

林家保心想："这下子我俩死到一起了。"

突然，林家保听到后面一个声音在喊："教导员负伤了！"是营部通信员马建昌，一位长春起义的云南建水籍老兵。

林家保急了："前面有暗堡，不能上来救我，得先派人用手榴弹把暗堡炸了。"

他想把这话喊出来，但他哪里知道，美国兵的机枪子弹已在自己身上捣了8个窟窿，肚子上中的两弹从后背穿出后，将一片肺叶带离胸腔，吊在体外。他一憋气，气从肚子上的枪眼儿冒出来了，再一憋气，一股热血随着气体涌出弹洞。

喊不出话来的林家保，眼睁睁地看着马建昌冲到离自己两三米的地方，身中数弹，晃了两下，倒在地上，再也没起来。

接着，身后又传来一位叫谢正治的安徽合肥籍战士的声音，越来越近。

林家保更急了："你们都上来干什么呀！为我一个要死了的人，已经搭上两条命了，还嫌不够?"林家保又急又气，真想把他们痛骂一顿，但更想哭，更想放声大哭一场，却欲哭又急，欲哭无力，欲哭无声。钱善灏还压在林家保身上。

猛然，前方暗堡又传出"哒哒哒"的机枪点射声，谢正治的声音消失了。林家保脑袋"轰"的一声，只觉得肚子上又冒出一大股血气，再就什么都不知道了。

谢正治牺牲后，第四个冲上来救林家保的是第二连指导员史述宽，也中弹牺牲了。

史述宽是与林家保一同参加海城起义的老战友、云南同乡，他冲上来的时候，喊了一句："无论如何也要把教导员抢下来，死的活的都要抢下来！"

林家保醒来时，战斗已经结束。他躺在担架上。担架的一头由两个人抬着，另一头放在山坡上往下拖。381高地比较陡，这一拖，坡上冰冷的雪滚下来呛了林家保一脖子，把他激醒了。

"也不能光抢我一个人呀！"喊不出声、双肩受伤的林家保急中生智，用脚蹬了几下前面抬担架的营部文化教员杨平波。

杨平波回头一望，赶快招呼："教导员醒了，教导员

南岸阻击战

醒了!"

大家放下担架,告诉林家保:"教导员,你负伤了,我们把你抢下来了。"

"把二连……连长找来。"林家保的声音很轻,断断续续的,显然,是费了很大的力气。尽管林家保的枪伤一处也没包扎,但此刻他关心的并不是自己。

苏绍卿从高地上跑了下来。

"高地,拿下来了没有?"林家保问。

苏绍卿握着林家保的手回答:"教导员你放心,381高地被我们占领了。"

"抓到几个敌人?"

"敌人从暗道跑了,没抓到活的。战果正在清点。"

"我们伤亡多少?"

"阵亡 18 人。"

"部队呢?"

"伤员全都撤下山了,部队在高地上没动。"

"教导员,快两点了,我们有 18 位牺牲的同志……"苏绍卿欲言又止,似苦衷在心,有口难言。

林家保听出来了。按战场规定,牺牲的战士遗体应该抬回去,不能暴尸荒野。可眼下深入敌后作战,返程要走三四个小时。一副担架至少要 4 人抬,伤员有十来个,若安排战斗员来抬烈士,就算没有对方的阻击,恐怕也很难在天明前返回阵地。

而天亮后,对方的飞机一出现,或者坦克追上来,会有多大的伤亡就很难说了。还不如多保存点有生力量下次和对方拼！

林家保明白，把18位曾朝夕相处的战友遗体扔在荒郊野岭，天地良心，谁心头的滋味都不好受，更何况有4名指战员是为了救自己才献出了宝贵生命。

没有选择余地的林家保痛苦地闭上双眼，两行热泪夺眶而出，过了好一会儿才说："算了。"

18位烈士的遗体被抬到谷地，用白雪掩埋了。

清晨前，第二连顺利返回原阵地，投入新的战斗。

南岸阻击战

防御修理山

美军部署在第一道防御地带上扼"京釜国道"咽喉的主要防御要点是修理山,美军将其主要突击方向上的作战行动称为"修理山决战"。

修理山正面为美军第二十五师。1月27日,由美二十五师少将师长基恩率领,美军开始攻击修理山前线阵地。

美军虽然在发起进攻后,在进攻速度上磨蹭个够,但在最大限度地发挥空炮火力优势方面,却占尽了便宜。

修理山血战中幸存下来的志愿军战士愤恨不平地说:"美国佬太欺负人了!"

更欺负人的是美军的坦克。美军进攻时,大白天就把坦克摆在志愿军阵地前几百米处,掩护步兵冲锋,那边"咚"一声,这边"咣"一炸,打击的准确度很高。

第四四四团四连文书秦琅他们在前沿阵地打了一天。那天,看到美军坦克太猖狂,指导员高承舜忍无可忍,冲着六〇炮班的射手吼了起来:"张照久,你把那辆狗日的坦克给老子打回去,我给你记一功!"

这话若拿到军校课堂上去说,准能招来满堂哄笑。

六〇迫击炮是曲射火炮,靠爆炸的弹片杀伤步兵,威力只比手榴弹大一点。炮弹只要不落在坦克油箱上,就等于给坦克"挠痒痒"。

阵地上的战士听到指导员的话也觉得好笑。可没等笑出来，张照久连打3发炮弹，还真有一发砸在了坦克上面，把坦克砸了回去。

顿时，阵地上的战士都欢腾起来了：

打得好！打得好！

整个修理山防御战的奇迹就是在这种火力对比极为悬殊的情况下创造出来的。

1月27日，四四四团的七连阵地也遭到了对方的攻击。据中国人民志愿军第五十军军史记载，直到1月30日中午之前，美军对七连坚守的266高地和275.9高地的进攻都是"佯攻"。

然而，美军方面的记载是，"修理山决战"一直是一线平推，并无"主攻"、"佯攻"之分。

对于第五十军战史在著述时的"判断失误"，解释起来还真是一个笑话：进攻266高地的部队是土耳其旅。人家在基恩将军的眼皮底下打了个滑头仗，把趾高气扬的美国大兵给耍了！

也许是因为美军的严厉督战，也许是因为土耳其军官想要在战场上对基恩师长有个交代，土耳其旅后来不得不动真格的了。

1月30日中午，土耳其旅的一路开始向266高地猛

南岸阻击战

烈进攻。该高地由第四四四团七连连长率第二排防守。激战 5 个半小时后，该排几乎全部牺牲，266 高地向南突出的无名高地失守。

坚守在 266 高地主阵地上的二排机枪射手蔡田吉打到最后，子弹只剩小半箱了。

在这个关键时刻，他想到了指导员的战前动员：

> 同志们，修理山是全军的主阵地。为了祖国的安全，我们就是打到一人一枪一弹，也要干下去！

他想到了自己上阵地时向党支部表示的决心：

> 决不后退半步，争取火线立功入党！

于是，他吩咐机枪手张凤忠："你赶快把空的弹药箱装满石头。等子弹打完了，我们就用石头干！"

果然不出所料，接近黄昏的时候，土耳其士兵又发起了进攻。

蔡田吉为了节省子弹，先把对方放进距离几十米处，然后突然开火，撂倒了前面的几个土耳其士兵。

后面的土耳其士兵立刻像惊弓之鸟四下逃散了。阵地前沿几十米处有一个陡崖，是轻武器射击的死角。

对方被打退后，蔡田吉发现在这个陡崖下面还隐蔽着 4 个土耳其兵。他随即跃出掩体，抱起装满石头的弹药箱，向对方砸去。对方不知道遇到了什么武器，顿时就晕了。

也就在蔡田吉他们打光了子弹，266 高地南半部阵地即将失守的危急关头，四四四团八连一个加强班前来增援，他们在占领 266 高地制高点之后，在不到 100 米的距离实施火力突袭，将立足未稳之敌大量杀伤，并将残余的土耳其士兵赶出了 266 高地。

土耳其旅的另一路从 3 个方向攻击凤岘西南的 275.9 高地。在指导员的指挥下，七连一排和三排经过 6 个小时的激战，一共打退了对方的 8 次攻击，阵地岿然不动。

美国大兵对志愿军刺破夜空的冲锋号，怀有一种难以平抑的恐惧。

据志愿军第五十军战史记载，1 月 31 日和 2 月 1 日连续两天，美军仅向修理山阵地实施炮击，未发起步兵攻击行动。

2 月 2 日，美军经过两天的休整，重振精神，起了个大早，比往日提前两小时，于 7 时 30 分开始了猛烈的炮火急袭。

然后，美军兵分 5 路同时向修理山发起进攻。第四四四团顿时陷入了三面被围的危险境地，战斗的残酷性可想而知。

进攻修理山制高点 473.8 高地的是美军第三十五团二营 E 连。经反复争夺，当日 14 时，对方约 150 人突入

南岸阻击战

志愿军防御阵地，攻占了473.8高地。与此同时，473.8高地西侧几百米的440高地和431高地也被土耳其旅的一个营攻占。

当日19时，第四四四团以九连、团侦察排、四连一个排、五连两个排、六连一个排，从东、西两个方向趁黑夜对突入美军实施反击。

在反击之前，各反击分队先摸到距离目标15至20米处隐蔽起来，准备好手榴弹，待军号、哨子一吹，一齐将手榴弹投向了对方阵地。

志愿军的攻击行动一波接一波，战士们前仆后继。各反击分队虽然弹药短缺，减员严重，但打得十分顽强。

战至第二天3时30分，反击分队这才恢复了阵地。

美军战史说：

志愿军好像在源源不断地投掷手榴弹。

440高地和431高地上的土耳其营是最不经打的，在第一波反击中，他们就很快被全部击溃了，溃退速度之快连土耳其旅长都不敢相信。

据美军战史记载，据守修理山制高点的美军E连也受到了极其猛烈的攻击，其右翼第一排的阵地和左翼第二排的阵地相继被突破。

2时15分左右，"志愿军像潮水般地进攻到第二排前面，其一部突破了第二排和第三排之间的结合部，到达了山顶。在结冻的 474 高地的山顶上，双方开始了非常激烈的白刃战"。

美军 E 连虽然向后收缩了阵地，但志愿军的反击到 3 时左右才平静下来，而从美军侧后实施的反击则一直持续到 6 时。

在主峰南侧一个高地上的 E 连连长格兰特目睹了主峰上的厮杀。绝望中，他以一种几近哀求的声调，向上司麦利特营长紧急呼救："阵地被突破了！我连的两翼已经被摧毁，没有指望再继续固守下去了！"

九死一生的格兰特连长战后披露，挽救 E 连免遭全连覆没命运的"决定因素"是 155 榴弹炮向山顶上空发射的照明弹。

那天晚上，持续不断的照明弹将战场方圆几公里的范围照得如同白昼。随同 E 连行动的炮兵观测官正是借着照明弹的光亮观察到志愿军的行动，随即用电台呼来了美军炮兵密集的火力支援。

美军铺天盖地咆哮而至的炮弹，有的集中炸在反击分队的集结地内，有的以弹幕拦阻射击在后续梯队的面前，筑起了一道道难以逾越的火墙。

在后方强大火力的掩护下，美军 E 连向后收缩阵地，终于逃脱了彻底覆没的境地。

天亮后，伤亡过半的美军 E 连撤离了让其心惊肉跳的"血岭"。

南岸阻击战

激烈争夺白云山

白云山，是"京釜国道"东侧的一个制高点。在白云山地域担任防御任务的第五十军四四七团，将该团第二营部署在白云山的主要防御要点上。

二营第六连以海拔440米的兄弟峰及其以南的328高地、西南的263.5高地为依托，配置在最前沿；第四连配置在海拔588.6米的光教山，并担任营的预备队；第五连和营指挥所配置在海拔550.8米的核心阵地白云山上。

美军由局部的"磁性攻势"转入全线的"闪击作战"，在夺取我军警戒阵地后，1951年1月26日9时至17时，美军第三步兵师对二营前沿阵地进行了整整8个小时的空、炮火力突击。一天下来，山上的大树几乎全部炸倒。

27日拂晓，美三师在一个小时的空、炮火力急袭后，出动了一个营的兵力，由5辆坦克引导，分3路向第六连防守的兄弟峰前沿阵地发起进攻。

为使兄弟峰前沿阵地不过早地暴露，并拖延对方的进攻，第六连派步兵两个组配属轻机枪一挺，由前沿阵地前设伏，待对方进至我伏击位置前100米处时，伏击组突然开火，以伤一人的代价，毙伤对方士兵20名，将美军击溃。

美军溃退后，恼羞成怒，立即出动了30余架次飞机，对志愿军阵地又是一阵狂轰滥炸，并投掷了大量的凝固汽油弹。志愿军阵地顿时化为一片火海。

为打乱对方的进攻部署，当天20时二营副营长李盖文率第四连和配属的第二连各一个排，由兄弟峰前沿出击，分3路袭击退守杜陵之美军营部，经20分钟激战，以伤2人代价，击毙美军30名，俘获1名，缴获卡宾枪2支、望远镜1具、无线电台1部，烧毁吉普车5辆及部分物资，其余美军狼狈溃逃。

与此同时，六连连长郭家兴率该连第三排袭击佛堂洞以东的美军，被对方发现后，郭家兴带头猛冲，突入敌群，边扔手榴弹边打驳壳枪，子弹打光了，就抢起步枪向对方砸去，直至中弹牺牲。此次夜袭，又歼灭美军20余名。

夜袭行动，打乱了美三师的进攻部署，28日整整一天，对方只以猛烈的空、炮火力压制我阵地，步兵未采取行动。

29日6时许，对方以30余架次的飞机、30余门火炮实施一个小时的火力准备后，施放大量烟幕掩护由坦克引导的一个营的兵力，向兄弟峰前沿的263.5高地和328高地实施猛攻，经两小时激战，夺取了这两个高地。

14时许，二营副营长李盖文率六连一个排，乘对方立足未稳，向263.5高地实施反击，激战一小时后恢复

南岸阻击战

了阵地。

当夜，六连又组织了对 328 高地的反击，一举夺回阵地后，为收缩兵力固守要点，天亮前，悄悄撤出 328 高地。

与此同时，右邻第四四三团经 4 天激战，在大量杀伤对方士兵后，其防守的 298.5 高地被对方攻占，致使白云山主阵地右翼完全暴露。

30 日 8 时，对方经一个小时的空、炮火力准备后，约一个营的兵力依托 328 高地，以烟幕弹掩护，再次向兄弟峰诸阵地发起进攻，经两个多小时激战，攻占前一天得而复失的兄弟峰西侧之 263.5 高地。

与此同时，兄弟峰以东之 261.3 高地守备分队经与对方激战，仅剩一名班长和两名战士，弹药将尽。

紧要关头，副营长李盖文亲率四连一排对"联合国军"实施反冲击，将对方击退，稳住了阵地。随后，收集阵地前美军遗弃的枪支弹药，补充自己。

当晚，团组织第一、二连实施反击，再次恢复了 263.5 高地。经过对方连续 4 天的狂轰滥炸，兄弟峰上，所有树木被炸断烧焦，所有工事轰塌埋平，只剩下累累弹坑，但兄弟峰阵地依然岿然不动。

战斗最激烈时，李盖文用电话向营长孙德功报告："放心，有我李盖文在，兄弟峰丢不了！"

31 日，是兄弟峰争夺战最激烈的一天。

8 时，对方集中两个营的兵力，在强大空、炮火力的掩护下，分三路对兄弟峰诸阵地发起一波又一波全面进攻。经 3 小时激战，三路"联合国军"全被打退。

对方调整部署后，于 13 时再次发起猛攻，六连最终因为伤亡太大，兄弟峰主峰被对方攻占。六连指导员熊家兴带着阵地上仅存的 3 名战士退至反斜面继续抗击。

当日午夜，为保持有生力量，巩固阵地，第四四七团奉令调整防御部署：

> 坚守兄弟峰 5 昼夜，击退对方 20 余次冲锋，毙敌 300 余名的第六连，撤出兄弟峰及其东西两侧阵地，第二营集中兵力固守光教山、白云山阵地；将左翼第三营阵地移交第四四六团，第三营调至白云山西南的白云寺一带组织防御。

同时，并以三营第八连两个排占领白云寺北侧高地。

当第三营八连进入白云寺阵地时，已是 2 月 1 日 7 时，整个阵地仅有一个轻机枪掩体和 6 个散兵坑，当即分散抢修工事。正抢修工事时，4 架美军飞机临空，接着，是一个小时的空、炮火力急袭，随后，对方出动了约一个营的兵力，分两路向白云寺阵地实施进攻。

八连指战员被迫卧于雪地激战 3 小时后，阵地被对方占领。

12 时许，第三营副营长戴汝吉率该营的一个机枪排赶到，实施反冲击，夺回了左翼高地。

南岸阻击战

13 时许，对方在 10 辆坦克、20 门榴弹炮的掩护下，再次对白云寺阵地发起猛烈攻击，激战 30 分钟后，八连被迫转移至帽落山第四四三团四连阵地。

白云寺阵地失守后，白云山右翼主阵地完全暴露，团政委卢昭接通二营的电话，提醒孙德功"唇亡齿寒"的战场态势，并要求二营组织兵力依托白云山对白云寺阵地实施反击。

孙德功本来一肚子意见，谁丢的阵地就该谁来反嘛！但孙德功的不满没有发泄，因为这是战争。他没好气地对着电话话筒嚷了一句："好嘛，我亲自带着人去把白云寺阵地夺回来！"嚷完，不等卢昭答复，就把电话撂下了。

孙德功放下电话，正要离开营指挥所，被教导员杨明一把拉住："营长，你留下，我去！"

这是个"找死"的差事，要是"让"给教导员，面子上也说不过去。孙德功坚决不干，执意要亲自带队！二人你拉我扯，都争着要去。

杨明抓住孙德功死不放手，突然，他喊了起来："营长，谁都可以去，就你不能去！"

这一嚷，孙德功愣了："我为啥不能去？"

"阵地上可以没有我，但不能没有你！你不在，阵地丢了怎么办？"

孙德功后来回忆说：

当时，杨明几乎快要给我跪下了。他的话没说透，但我心里明白，这批起义干部经历了控诉运动后，个人的觉悟和勇敢精神都没啥说的，就是带兵缺乏一个"狠"劲，有点迁就部队，尤其对那些战场动摇分子，心太软。

反击白云寺阵地的任务最终被杨明抢去了。14 时，杨明带领团里加强给二营作预备队的第二连一个排、三营教导员率领的第七连和转移到帽落山的第八连余部，乘美军立足未稳，同时从三个方向对对方实施反冲击，并于 15 时 30 分恢复了白云寺阵地。

当日，团、师逐级上报了白云山守备分队浴血厮杀的战况，以及营长孙德功和教导员杨明抢着带人反击失守阵地的情况。孙德功、杨明和他们二营，就这样在志愿军首长心中挂了号。

几天后，《人民日报》头版显著位置刊登了著名记者林韦根据师、团战报采写的一篇战地报道，点名表彰了孙德功、杨明的英勇事迹。

南岸阻击战

共和国的**历程**·运动防御

能攻能守的第四连

美军发起"闪击作战"后，第五十军一四八师四四三团据守的帽落山因号称"京釜国道"而成为美第二十五师主要攻击目标之一。

从 1 月 25 日起，对方在 8 架飞机、10 余辆坦克、几十门火炮的掩护下，用了整整两天时间，才"闪击"攻下我四四三团的警戒阵地。

战至第五天，第四四三团三营防守的第一线阵地被对方突破。

15 时，帽落山的前出阵地 236.5 高地失守，团遂令在第二线阵地待命的第四连，由连长赵其功、指导员浦绍林率领，以第一排从正面、第三排从左后侧对 236.5 高地实施反击。

浦绍林记得，按协同计划，第四连反击时，团迫击炮连应予以火力支援，但实际上没打几炮。

据当时的师炮兵营营长杨协中回忆，师炮兵营总共有两个美式山炮连，一个美式化学迫击炮连。汉江阻击战时，其美式化学迫击炮连配属第四四三团，该连携行的炮弹不多，主要靠的是安养里的缴获。

自从 1 月 15 日对方发起"磁性战术"攻势起，这些炮弹"省吃俭用"打了 15 天，所以在 29 日支援四连反击 236.5 高地时，确实没打几发炮弹。

有没有火炮掩护，都要反击。副连长王建书带着第二排喊着"杀"声，从正面攻了上去。刚到半山腰，对方一道弹幕拦阻射击将 10 多名战士炸倒，王建书也身负重伤。

连长赵其功指挥第一排再次攻击，夺下了 236.5 高地。没等第一排在阵地上站稳脚跟，美军的坦克炮、榴弹炮就打了过来。

接着，两架飞机轮番扫射，236.5 高地一片火海硝烟，第一排又牺牲了 10 多人，连长赵其功也被炮弹炸伤，屁股上一道一指宽的大血口子，鲜血直流，被抢救下阵地。

炮火急袭后，"联合国军"由数辆坦克掩护，重新发起冲击，阵地再次失守。

团里见阵地得而复失，遂令团警卫连再次实施反击。这时，从左侧绕到对方侧背的四连第三排跟在对方的屁股后面攻了上来。

17 时，阵地失而复得。236.5 高地再次夺回后，又打退了对方一次反扑，一直坚守到天黑。

当天 24 时，团里考虑到部队伤亡较大，决定收缩防御，让四连撤回原阵地。

1 月 30 日，对方以一个团的兵力，在 10 余架飞机和 20 余辆坦克的掩护下，向帽落山主阵地全面进攻，从 8 时 50 分一直打到 17 时 30 分，战斗异常激烈。

南岸阻击战

第四连据守帽落山主峰以东的无名高地，负责屏障主峰，保障与左邻第四四七团的战斗结合部。

这天上午，第四连打退对方第一次进攻后，指导员浦绍林派通信员前往营部，请示将第三排排长张正昌提升为连长。还没等上级答复，浦绍林就拉着张正昌查看阵地，准备调整部署。

张正昌长春起义时是个班长，个子高，胆子大，从堑壕内伸出脑袋就东张西望。浦绍林急忙提醒："低一点，低一点！"

三排阵地在前面，正面有 200 米宽。浦绍林考虑到三排阵地需要调整，正要起身前往，被身旁的班长王明学一把拉住："指导员，你留下指挥，我去。"

王明学走了。下去的时候，被对方坦克发现，一炮打中，他光荣牺牲了。

留下的未竟之事，由浦绍林亲自完成。全连调整为 3 个班，连部勤杂人员和六〇迫击炮班人员一律补充下去，同时，任命了新的正、副班长和党小组长。

31 日，第四连调整后，又顶住了对方整整一天的狂轰滥炸和猛烈进攻。

战至 2 月 1 日，前沿阵地被美军突破，全连仅剩不到 20 人，退守连主阵地。

就在第四连前沿阵地失守的同时，左邻第四四七团与第四四三团结合部附近的白云寺阵地也告失守，侧翼暴露，处境的确困难。

对方又进攻了。有人喊指导员，没等浦绍林应答，有人惊叫起来："指导员不在了。"浦绍林急了，跳出掩蔽部吼道："哪个说我不在了?"

几个党员一听，也跟着吼："往前传，指导员还在阵地上!"

浦绍林把战士的情绪稳定下来后，写了个条子："请营里把担任营预备队的二排归还我连建制。"交给通信员，送往营部。

当天中午，浦绍林亲自率领归建的第二排对对方实施反击，一鼓作气打过公路，夺回了失守的前沿阵地。美国兵丢下十来具尸体，狼狈地逃了回去。

反击中，第二排排长杨文明被对方坦克上的机关枪打穿腹部，前后都是拳头大的窟窿，当场壮烈牺牲。

第四连夺回前沿阵地后，发现对方弃置的两块四五米长红色的对空联络布板，是美军用来向飞机指示己方位置和作战方向的，第四连官兵都是些"土老杆"，无一人"识货"。

浦绍林"见多识广"，于是，又写了一张条子："四连收复前沿阵地，缴获敌军旗两面。"然后，派通信员一并送往营部。

通信员刚走一会儿，又转回来了："指导员，后面上来一个干部要找你。"

来人满脸胡子，浑身都是泥，和浦绍林一样脏兮兮的。"你们这里谁是指挥员?"

南岸阻击战

"我是。"浦绍林回答。

"你?"来人望着眼前这位 21 岁的小伙子,似乎有些不信。

"我是指导员。"

"连长呢?"来人对"嘴上没毛"的小指导员还是不放心。

"连长、副连长都负伤了,我是这里的最高指挥员。"

"那好,我是四四七团三营副营长戴汝吉。"来人亮出了身份,接着说道,"上级要我组织兵力依托你们的阵地,对白云寺突入美军实施反击。"

"有什么要求?"浦绍林问。

"第一,借我两挺机枪,再给我点儿子弹。"

"没问题,机枪我送你 3 挺,子弹送你几箱。"四连伤亡此时已过大半,机枪不缺,子弹也有。浦绍林十分"大方"。

"第二,我反击时,你从侧面组织火力支援我一下。"

"应该的。"戴汝吉若能夺回白云寺阵地,四连的翼侧也就有了保障,浦绍林求之不得。

"第三,如果我牺牲了,请代我向上级报告:就说我戴汝吉不是贪生怕死之辈,对得起祖国人民。我不是党员,但我要求组织上在我牺牲后追认我为中国共产党员!"说完,转身就走。

"只要我活着,一定办得到!"

就在戴汝吉转身的一刹那,浦绍林发现戴汝吉眼角噙着一汪晶莹的泪花，闪动着一种似乎是哀怨的神情。他明白了：这是戴汝吉窝在肚子里两年的一块心病！

浦绍林喊住戴汝吉："别忙走！"又关切地问道："你没吃饭吧？"

"两天没吃了。拿下白云寺再吃。"戴汝吉说完又要走。

"不行，不行！不吃饭我不给你机枪。"浦绍林把戴汝吉按在地上，得意地告诉他："我这儿有炒面，还有水。你用水和上炒面吃，就不噎嗓子了。你知道我的水是从哪里来的吗？是通信员把雪装进水壶里，再放到朝阳的地方让太阳把雪晒化。"

戴汝吉看了浦绍林一眼，也没说一个"谢"字，先把满是泥巴的双手在满是泥巴的棉大衣上前前后后擦了两下，再抓起一把炒面放在左手心上，倒上一点水，狼吞虎咽地吃了起来。

半小时后，戴汝吉率部反击，夺回了白云寺附近的阵地。

2月3日午夜，浦绍林连完成预定阻击任务，大量杀伤对方后，奉命撤下阵地。

战后，该连荣获"能攻能守第四连"的荣誉称号。

南岸阻击战

机枪打飞机

在抗美援朝战争初期，"联合国军"的空军占有绝对优势。志愿军没有空中力量，也没有有效的防空武器，就连高射炮都很少，这令全军上下很是苦恼。

在奈良山战斗中，志愿军第四十二军一二五师三七五团的战士和英军刚交上火，耀武扬威的美军飞机就开始轰炸了。

美机不停地投弹，并用机枪对志愿军战士进行低空扫射，一连二排的战士因为躲闪不及，倒下了七八个人。关崇贵实在忍无可忍了，举起机枪，接连 14 发子弹打掉了一架超低空扫射的 P－51 战斗机，美国飞行员急忙跳伞，但是由于高度太低，还没将伞打开就摔死了。

看到这种情况，一连战士大声欢呼，关崇贵也激动不已。

第一连第一排打下一架飞机的消息立马就传遍了全团。

团里马上要第一营赶紧查清情况，究竟是谁击落的，尽快报告。

营里来人调查，问谁谁都说不知道。

怪事儿，打下飞机竟然没人认账。

后来营里吓唬大家，要没人认账就处分全排。

关崇贵觉得自己是条汉子，不能装熊连累大家，站出来认了账：

"飞机是我打的，一人做事一人当，跟大家没关系！"

眼瞅着对方马上又进攻了，团里问清楚了也没处理他。

也没法处理，关了他的禁闭谁打仗呀？

后来，这件事开始层层上报，最后作战处长怀着忐忑不安的心情来向彭德怀报告。

原来，志愿军有一条铁的纪律，就是不准用轻武器对空射击对方飞机。因为指战员们觉得轻武器射击很难打下飞机，并且这样做还会暴露目标，招来美国空军大规模报复。

作战处长为难地问彭德怀："怎么办呢？按规定这个战士要受军法制裁……"

没想到彭德怀听到这个消息，不但没有生气，还大为振奋。原来，他早就已经感到老是挨炸不是个办法，关崇贵的做法证明了轻武器是可以打飞机的，那为什么还要坐以待毙？

最后，彭德怀说："规矩是死的，人是活的，这个战士立了大功，以后部队可以打飞机，只是要注意战术！"

正惶惶不安、准备蹲禁闭的关崇贵一下成了"一级战斗英雄"！

这下他的劲头更足了，在接下来的阻击战中，他带了一个班掩护大部队撤退，打到最后就剩他一个人了，

南岸阻击战

而大部队已经走远了。

孤独无依的关崇贵一个人在阵地上用捡来的对方枪支连续作战两天两夜，上百名英军倒在了他的枪口下，美国数百架轰炸机围着这个志愿军战士炸了三天三夜。

后来，军长吴瑞林听到"联合国军"后方枪炮声不断，实在放心不下，就派了两个营打回去看看到底是怎么回事。

战士们围着已经饿得站不起来的关崇贵，看着他身边堆着捡来的30多支枪，两个营、几百个身经百战的志愿军战士们也感到极大震撼，这是真正的钢铁斗士！这是无畏勇士的楷模！

彭德怀闻讯后，十分激动地说："真正的英雄啊，要破格提拔使用！"

一级战斗英雄、副连长关崇贵胸前又添上了一枚朝鲜政府颁发的一级战士荣誉勋章……

以前打飞机是违反纪律，现在打飞机却可以立功。于是，志愿军立刻展开了学技术与打飞机的竞赛，竟然搞起了群众性的"打飞机运动"，看到对方的飞机就赶紧开火。

顿时，这些神枪手们就创造了一连串奇迹，如重机枪手杨德贵10发子弹就打下了一架中型轰炸机！

不过，耗弹最少的是高射机枪手屈秀善，他只来得及射出3发子弹，就目瞪口呆地看着那架美机一头栽在地面上炸成粉末。飞行员连伞都没跳，直接被那3发子弹打死了……

最会打飞机的志愿军是刚开始入朝的三兵团十五军。十五军的一三三团两天就打下了 5 架美机，4 天之内全军击落对方飞机 11 架。到班师回国时，这个军的步兵们竟击落击伤 882 架美机！

中国特色的步兵打飞机运动很快就迫使美国空军不得不提高飞行高度，美国空军对中国地面部队的轰炸精度立刻开始下降了。

南岸阻击战

封锁美军的交通线

2月9日，三四二团三连奉命登上了汉江南岸的海拔350.3米的高地。

350.3高地在这群山峻岭之间虽不算是高山，但它在岩月山的左前方，面对的是美军"王牌"骑兵第一师长期据守的京安里。志愿军站在主峰上，一眼就可以望见对方的一切活动。

山下交叉着由利川、水原、龙仁通往汉城的3条公路。3条公路在京安里会合后又依着曲折的山谷分头向北展开去。从主峰向北，山头一个比一个低，直到汉江边。

一一四师师长翟仲禹认为，这个关乎我军整个战局的阵地，必须有一个坚强的部队才能钳住这颗钉子，这个部队的指挥员必须有顽强的战斗意志和独立作战的指挥能力。

经过缜密思考，翟仲禹将守卫350.3高地的任务交给了三四二团一营。当时的营长是曹玉海、教导员是方新。

一营于2月9日黄昏接管了已激战近10天的满目疮痍的阵地。而三炸敌桥就是这坚守350.3高地战斗的前奏曲。

在高地主峰，营长曹玉海率各连长仔细观察了地形、地貌，大家将对方的情况、任务逐一进行了分析，营长命令一连、二连部署在 350.3 高地左、右前出阵地组织防御，三连作为预备队，与营指挥所在主峰构筑阵地。

同时与三连长赵连山一起研究了次日黎明前迟滞对方进攻的行动方案。命三连连夜炸毁阵地前小镇京安里的两座桥梁以阻滞美军的运输力量，达到迟滞对方进攻行动的目的。

这一晚，天色很暗。10 时，三连连长赵连山亲率作战勇敢、经验丰富的 11 名志愿军战士和 1 名人民军联络员组成小分队，分别组成突击组、火力组和爆破组趁着月色进至雪月里西侧，经观察，这里通往京安里的道路戒备森严，在我方一侧很难接触桥头。

赵连山果断决定向北绕道庆安川，从京安里桥的西南直抵桥下。战士们在连长的带领下翻过一座高山，越过水原至汉城的公路，来到了江边。

这里虽然距京安里有将近 10 公里，但为防止我偷越公路绕道侧后，美军早已将河水炸开，巨大的冰块浮在湍急的江水向下游流去。

赵连山二话没说咬咬牙第一个跳进江水，战士们紧跟着连长举着枪、头顶着炸药顽强地跟进。

冰水浸透了他们的棉衣，向钢针一样刺入骨髓，江水越来越深，一直没到胸口，赵连山一面和一班长、突击组长涂金用枪托拨开冰块为同志们开道，一面密切地观察敌人的动静，还不时地鼓励大家坚持就是胜利。到

南岸阻击战

对岸后，大家拖着冻得硬邦邦的棉衣快步前行。

约12时30分，小分队进至第一个目标即京安里镇西南的水泥桥。连长指挥大家沿桥南公路的土陵一线隐蔽待命，赵连山带着突击组长涂金悄悄地前出侦察。

京安里这个镇子虽然不大，但却位于两条公路的交叉点上，汉江的一条支流从镇边蜿蜒流过，镇的东南和西南各有一座公路桥，分别是利川和水原通往汉城的等级公路，其中西南的公路桥是钢筋水泥结构的。

镇上来往军车、辎重络绎不绝，大批"联合国军"聚集在此，已做好了向我发动进攻的准备。

此时，赵连山他们面对的是一座钢筋混凝土结构的大桥，在河中间有一座桥墩，虽然河面不宽，但桥面距河床约有10米高，从桥下很难下手。桥上不时有对方军车通过，公路上传来阵阵的马达声。

桥南头有一个掩体，里面架着一挺重机枪，桥面上有一队3人的哨兵端着枪来回巡逻，不时有探照灯向桥下扫射，对岸山上对方燃起的篝火闪烁着。看来强攻不行，只能在桥面上智取。

赵连山决定：

火力组占领有利地形吸引、消灭桥面重火力，掩护行动；突击组向桥面机动适时消灭敌有生力量掩护爆破组实施爆破；爆破组向桥面中央机动，适时安放炸药实施爆破。

突然一道强烈的手电光向小分队射来，江堤上传来大皮鞋沉重的脚步声，巡逻队越来越近。

大家迅速向树丛边靠拢隐蔽。屏住呼吸，密切观察对方。当对方巡逻队过去后，赵连长立即带领大家越过堤岸向大桥摸去。正在这时，对方的一队炮车向大桥开来。

赵连长当机立断，决定利用炮车过桥机会袭击对方，趁乱炸桥。

炮车一辆接一辆地过去，当最后 3 辆车刚刚上桥，连长一声令下，突击组和火力组一起向第一辆车开火，爆破组向桥上机动。

第一辆车向右一拐，撞到了桥栏杆上不动了，其他车也堵在了桥上，没有被打死的"联合国军"士兵慌忙下车反击，赵连山当即命令 18 岁的小战士王启春到对方背后配合正面进攻。

王启春以最快的速度沿江堤绕到桥的西面打响了一枪，躲在车后的对方士兵应声倒下，王启春 8 发子弹一连打死 7 个对方士兵。志愿军两面夹击，对方乱了阵脚，赵连山抓住战机一马当先冲到桥上，指挥突击组抢先边打边占领桥头，掩护爆破组顺利上桥。

这时火力组已将桥上的重火力成功歼灭，突击组成功消灭了桥上的"联合国军"，并活捉了一个美国兵，爆破组长刘占清带领大家乘机成功地将 100 公斤炸药安置

南岸阻击战

在大桥中央，点燃了导火索，在震耳欲聋的爆炸声中，赵连山带着小分队押着俘虏向着下一个目标京安里东南的木桥奔去。

沿途的对方士兵被爆炸声惊醒了，立即封锁了通往京安里方向的所有道路。

赵连山清醒了一下，决定取捷径从镇外对方火力薄弱地域快速通过，他命火力组负责殿后，赵连长带领大家鱼贯快速直插镇南枪声稀疏地域。

当来到了一座塌陷了的土墙后，发现一挺重机枪封锁了唯一通往木桥的道路。突击组长涂金看了后对连长点了一下头，纵身跳过墙头从右侧绕到机枪掩体后侧，一脚将对方机枪射手踢翻，抱起机枪一顿猛扫。赵连长带领小分队像离弦的箭，穿过京安里镇向大木桥奔去。

当出镇时，赵连长发现镇外有一个岗哨在街道上来回晃荡，正好堵住了前往大木桥的唯一通道。

赵连长命突击组大个子扮做换岗的大摇大摆地沿公路右侧接近对方岗哨，涂金和王启春抓住机会一左一右猛扑过去干净利索地将对方制伏。

小分队神不知鬼不觉地来到了黑夜笼罩的大木桥前。桥头有一个小木屋，门口横七竖八地堆着一些皮靴，王启春匍匐过去数了一下，大约有 10 双。空荡荡的桥上只有一个哨兵蜷缩着身子惊恐地四下张望着。

赵连山命火力组占领制高点观察和掩护各组行动，同时低头看了看表，已是午夜 1 时了。同志们焦急地望着连长，赵连山不动声色地仔细观察大桥的每一个部位。

突然他目光一亮，指着桥两侧的栏杆对涂金说："一班长，你组攀着栏杆爬上去搞掉哨兵。要快！"

涂金和大个子、王启春攀着桥栏杆一步一步向对方哨兵摸去。3个人猛地翻身跳上桥面用刺刀结果了对方哨兵，爆破组接着安放好了炸药。

赵连长和王启春返身扑到桥头小屋前一脚踢开屋门，投进4枚手榴弹，屋内的美军在睡梦中全被炸死。紧接着又是一声巨响，大桥被拦腰炸断。

成功了！火光映红了赵连长和战士们兴奋的面容。

在快速撤退的路上，赵连长发现公路左前方有一个对方榴弹炮阵地正向我军阵地射击。赵连长立即命令全体隐蔽。

他简单地观察了一番，大声说："咱们顺便捞他一把。"同时他命令六〇炮向对方开火，其他同志快速接近对方火炮阵地。

火力组长付国良把肩上的炮筒往地上一戳，一手扶着炮筒，一手装填炮弹。只见火光一闪，一发炮弹不偏不倚地将对方火炮阵地指挥所炸翻了，这个神炮手一发接一发地射击着，炮弹就像长了眼睛似的在美军群中爆炸。

赵连山带着小分队迅速冲上对方炮阵地，一顿冲锋枪扫除了美军。战士们攀上高仰的炮筒，把手榴弹投进炮口，不到几分钟，20多门榴弹炮都变成了一堆废铁。

南岸阻击战

赵连长指挥小分队边打边撤，一阵风地冲出了对方增援部队的包围。这时，东方透出鱼肚白，赵连长率领小分队绕过还在冒烟的水泥大桥，押着俘虏，肩扛着重机枪和弹药等战利品踏上了胜利的归途。两次成功的炸桥行动有效地迟滞了对方的进攻行动。

白天有迹象表明，美骑一师正抓紧恢复京安里被破坏的交通。可令美军想不到的是，美美睡了一觉的小分队在赵连长的带领下，于当晚借着月色又悄悄下山来到了350.3阵地下的公路边。

机智灵活的赵连长化装成李成晚伪军的军官，小分队的同志们也都穿上了南朝鲜军士兵服装。他们大胆地沿着对方认为戒备森严的公路向前疾进。

正走着，迎面开来两辆汽车。赵连长灵机一动，命令涂金和大个子伪装成对方的公路检查哨截住汽车。赵连长和联络员上前一经盘问，才知是给炮阵地运送弹药的。赵连长使了个眼色，大家分别跳上了两辆卡车，赵连山和涂金各把持一名司机。

赵连长用手枪逼着对方司机掉转车头，沿着陡峭的盘山公路飞快地向白天还乱哄哄挤满了大批车炮的大桥开去。

汽车加足马力飞驰着。赵连山远远望去，大桥越来越近，他决定在离大桥百米左右的路边停下。汽车刚刚停稳，司机想逃走，被赵连山用匕首刺死了，赵连山带领小分队隐蔽接近了大桥。这时，赵连山低头看了看表正是 24 时。

赵连山将这座从没见过的大桥仔细观察了一番。这是一座由坦克牵引的铁索帆布制式桥，桥面五六米宽，两岸由 4 辆坦克牵引。

帆布桥头的坦克旁有一个固定哨，桥的南北两侧还有 50 多名"联合国军"士兵在露营，桥的北面有一个哨兵正在打瞌睡。

赵连山带领突击组和爆破组静静地接近了对方的营地。突击组长涂金毫无声响地干掉了对方哨兵，13 个人轻手轻脚地在睡得跟死猪一样的美国军人中间穿行，一步一步接近了大桥。

突然坦克附近的哨兵发现了小分队的行动，"哇啦哇啦"地怪叫起来。

赵连长抬手一枪打倒了美军哨兵。与此同时，突击组的手雷把坦克炸起了火。赵连长立即指挥爆破组安放炸药。

这时，被惊醒的对方士兵朝四面八方奔跑着，纷纷向大桥射击，赵连山一边指挥爆破一边指挥还击。

爆破组在极短的时间内安放好了炸药，导火索冒着火花。赵连山看时机已到，立即带着小分队向对方冲去。火光一闪，伴着巨大的爆炸声，大桥被齐刷刷炸成了两段。

黑夜中，公路两侧更加慌乱，对方竟然相互乱打起来。

南岸阻击战

赵连长带领小分队趁乱夺路而出，迅速消失在夜色中。

这时美军全部惊动起来，连京安里以外的"联合国军"士兵也枪声大作，照明弹一发接一发地挂在夜空。赵连山带着 12 个人的小分队在对方的阵地间隙穿行着，边打边撤，顺利地返回了 350.3 高地。

三炸美军桥，小分队无一伤亡，圆满地完成了任务，成功地迟滞了美军的进攻，为汉江南岸的阻击战创造了有利的条件。同时，还带回了一名美军俘虏和大量的武器弹药。

小分队返回阵地后师团首长打来电话，表扬赵连山和小分队同志三次炸桥成功，并祝三连再接再厉多打胜仗，争创"英雄连队"称号。

二、 东线反击战

●排长吴永章一挥手，侦察队员们扑上去。战斗很快结束，抓到 30 多个美军士兵。

●团长李林一刚在电话机中向各营传达了"坚守阵地"的命令，线路就被炸断了。

●他们在和志愿军拼刺刀的同时，还跟那些从前沿跑下来的美国士兵顶牛："该死的，回到那边山头上去！反正你得死，不如死在山头上！"

彭德怀决定攻打横城

就在西线的志愿军第三十八军、第五十军用血肉之躯阻击"联合国军"向北反攻的时候，东线向横城和砥平里地区北进的"联合国军"以快于西线的速度一路推进，于是从整个战线上突出了出去。

战场上出现的这种状态，使正对战场局势十分忧虑的彭德怀突然感到扭转被动局面的机会可能来了。

战场上的战机稍纵即逝，必须果断地抓住并加以利用。

2月5日，彭德怀电令第四十二军和北朝鲜人民军第二、第五军团对东线北进的"联合国军"进行阻击，以减轻西线中国阻击部队的压力。同时，邓华指挥的第三十九、第四十、第六十六军奉命向东移动，以寻找战机。

彭德怀已经在脑海中勾画出了一个在东线打反击的初步设想。但是他还没有完全的把握。死死地顶住西线，将大兵团快速集中于东线，对相对较弱的南朝鲜部队进行规模较大的反击。如果反击成功，将会很大程度上缓解当时志愿军节节撤退的局面，也许还可能令"联合国军"的攻势停止。

但是，彭德怀心里很明白，在东线组织起反击行动，至少要具备三个条件：一是东线"联合国军"北进的位置形成前突态势；二是参加反击的部队能够及时到达战斗发起地点；三是最重要的，就是在西线阻击"联合国军"的第三十八军和第五十军必须能够把攻势凶猛的美军阻击在汉江附近，如果在向东线调动大部队的时候，西线的阻击防线垮了，那么别说反击，整个战线将面临全面崩溃。

2月9日，"联合国军"在东线的态势为：美第二师二十三团和一个法国营，被中国第四十二军阻击于砥平里以北；南朝鲜第八、第五师进到横城以北的丰水院、上苍峰里、釜洞里、梅田里一线；再往东，南朝鲜第七师、第九师以及首都师则拖后于下珍富里、江陵一线。

至此，展开于砥平里和横城一线的"联合国军"已经从整个战线突出。

此时，美第二师的三十八团及荷兰营，美第二师师部及其九团尚在原州，美第七师及空降一八七团在他们的后面，于是，东线上突出的"联合国军"相对孤立了。

在西线阻击的中国第三十八军和第五十军，虽然阻击线在一点点地后退，但还是在很大程度上迟滞了美军的向北推进。

邓华指挥的东线各集团军已快速到达了预定位置。

战机成熟了！

但是，彭德怀依旧还有一个难以决断的选择。"联合国军"在砥平里和横城一线有两个突出部，先打哪一个更为有利呢？彭德怀三思而后考虑先打砥平里。

东线反击战

他在 7 日发给各军的电报中指出：

　　根据目前情况，需集中 3 个军主力首先歼灭砥平里附近美军为有利。请邓华同志速与四十二军司令部靠拢，以便与各军取得联系，如何部署，请邓速决速告。

电报发出后不久，彭德怀又突然改变了决定，他立即再打电报给各军：

　　砥平里地区据已知敌军为美二师、二十四师各一部及法国营合计为 8 到 9 个营，如我攻击该敌一昼夜不能解决战斗，则利川地区之英二十七旅、南朝鲜第六师及原州附近的美二师三十八团与美七师均可来援，南朝鲜第五、第八师与美空降兵一八七团亦会策应，假如我两昼夜不能解决战斗，则水原防线之美军亦可能抽出二至三个师东接，这样万一吃不下，打成消耗战，甚至洪川至龟头里公路被敌人控制，则我将处于极为不利情况，这一步必须充分估计到。

　　横城地区据已知敌军为第五、第八师及美七师一部空降兵一八七团，但南朝鲜第五、第八师较弱，我集中三十九、四十、四十二、六十六及人民军第二、第五军团，把敌人打乱的把握较大。如果估计得手，再向原州及以南扩张战果，这样可能将敌人的整个部署打乱，对我而后作战有利……前电提出先打砥平里，此电决定先打横城附近美军，如无意见，则请依具体情况部署之。

彭德怀的顾虑是明显的：对于火力强大的美军和法国营，无论志愿军在兵力人数上占何等优势，还是没有打下来的把握，不如先挑战斗力较弱的南朝鲜军队来打。

横城反击战于 1951 年 2 月 11 日晚开始。

东线反击战

横城战役拉开序幕

横城反击战于 1951 年 2 月 11 日晚开始。

邓华兵团首先的反击目标是横城西北的南朝鲜第师，他们期望由此打开缺口，向原州的美军防线进具体部署为：

第四十二军，配属第三十九军一一七师及炮兵二十五团一营，以一二四、一一七师为先头部队，向横城西北鹤谷里、上下加云防线进攻，切断南朝鲜第八师的退路；

以一二五师前出至横城西南介天里、回岩峰地区，阻击敌原州方向可能出现的援助，并策应第六十六军作战；

以一二六师配置于砥平里以北地区，继续牵制砥平里之敌。第四十军，配属炮兵二十九团一、三营由正面向横城西北的南朝鲜第八师突击。

第六十六军以一九六、一九七师向横城东南方向突击，切断横城之敌的退路。

第三十九军为预备队，配置于龙头里东南地区，逼近砥平里，如果反击作战开始后砥平里敌人南逃，予以坚决追击。

2月11日下午，彭德怀以个人名义致电朝鲜人民军前线指挥部及各军团长并报金日成：

此役志愿军以4个军主力由西向东打，为使这一战役获胜，关键在于人民军和志愿军第六十六军能否按预定部署完成断敌退路。

此一战役胜利是巩固以往的胜利，扩大中朝两军反侵略战争的国际影响，争取时间整训部队，否则，敌将破坏我军休整计划。所以，此战役是特别重要的。

望请同志转告各级干部和全体战士，大家努力发挥积极性，克服困难，要求你们英勇顽强地消灭敌人！预祝毛泽东与金日成领导的人民军队胜利万岁！

士气可鼓不可泄。

但是，对这次横城反击作战是否能取得胜利并达到预期效果，彭德怀心里依旧不踏实。在他给各军发出电报之后，他给毛泽东致密电如下：

东线反击战

因砥平里反击之敌均有相当工事，因此估计砥平里之敌一两天难以解决战斗，现改为攻

共和国的**历程**·运动防御

击横城周围之南朝鲜第五、第八两师及美七师之十七团、空降兵一八七团，已于11日黄昏开始。如能求得歼灭敌五六个团，估计可能暂时稳定战线半个月，如反击不得成功，敌将疯狂追击。我军在"三八线"很难立稳脚。目前，只有坚决反击，不惜一切代价，争取胜利，争取时间，稳定局势，否则将会付出更大代价，困难亦更多。

2月11日黄昏，志愿军的4个军开始了向横城地区的大规模反击作战。

一一八师出奇制胜

第四十军军长温玉成和政委袁升平把一一八师和一二〇师放在了第一梯队的位置上，主要的突击力量是年轻的师长邓岳指挥的一一八师。

温玉成不但把主要炮兵力量配给了这个师，还将作为预备队的一一九师中的主力团三五五团加强给邓岳。

而一二〇师的任务是：首先打开南朝鲜第八师坚守的圣智峰和 800 高地，以保证一一八师攻击路线上侧翼的安全。这个部署没出各师指挥员的意料，因为以往的仗就是这么打的。

1951 年 2 月 11 日黄昏，志愿军的 4 个军开始向横城地区大规模反击作战。

第四十军的士兵中流传着这么一个顺口溜：

一一八打，一一九看，一二〇围着团团转。

邓岳的一一八师再次证明了志愿军大胆迂回、分割包围的战术十分有效。

邓岳在研究地图的时候发现，在一一八师主攻方向的正面，有一个两条公路会合的"丫"字形路口，这显然是一旦攻击开始，善于逃命的南朝鲜士兵溃逃的必经

东线反击战

之路。要想不打击溃战，更多地消灭对方，就要派部队插进去，封堵这个"丫"字形路口。

令一一八师其他军官惊讶的是，邓岳一反以小部队穿插的惯例，他要派一个整团插过去。

从攻击开始处至那个"丫"字形路口，足有25公里，而且穿插部队必须在黎明前插到位并且占领路口，才能把正面南朝鲜第八师二十一团的后路真正封死。

几年以后，西方的军事史学家仍对中国年轻师长邓岳的战法称赞不已：

> 两个团从正面并肩突破，一个团从中穿插到后位。险棋！新奇！

邓岳放在正面的3个团并非一线进击，而是互相配合，互相掩护：三五三团在左，三五四团在右，以并肩突破南朝鲜第八师二十一团的防御阵地，而负责穿插的三五二团从两个团中间渗透进去，直插敌后。这样做是为了加速迂回，发展迅速。

邓岳不信南朝鲜的一个二十一团能经得住志愿军3个团的冲击！

三五二团，是邓岳手中主力团，向来以敢打敢拼而闻名。这个团团长罗绍福是个老红军，曾是邓岳的老班长。

反击战一开始，一一八师就迅猛地向南朝鲜军队的阵地冲击。左翼的三五三团一个小时之内就突破了南朝鲜军队两个连的防御阵地。右翼的三五四团二营仅用了半小时就攻占了当面的阻击阵地，歼灭了南朝鲜军的一个加强连。

三五二团趁这两个团正打得激烈的时候，迅速向对方后部发展。他们在前沿没有受到阻击，但是，在经过一个叫上榆洞的地方时，参谋长冷利华被对方的阻击炮火击中牺牲了。

冷利华1939年入伍，身经百战，3次当选战斗模范，他的牺牲令战士们悲痛不已。

三五二团七连是穿插的尖刀连，他们在冷利华牺牲的地方，与一个排的南朝鲜士兵相遇。七连的士兵勇猛地冲上去格斗，整个南朝鲜搜索排无一人生还。

三五二团逐渐脱离大部队的战线，独自深入到敌后。进入一座大山中之后，朝鲜向导迷了路。七连长张洪林依靠指南针，在厚厚的积雪和迷宫一般的沟壑中带领士兵顽强前进，他们终于到达了地图上指示出的一座高地。

上了高地，看见正前方的小山上有吸烟的星火。小山上的南朝鲜士兵万万没想到，在距离打得正热闹的前沿还有几十公里的地方，就在他们的眼皮底下，3000名志愿军正在悄悄地通过。

这次战斗结束的时候，三五二团还击毁美军汽车140多辆，榴弹炮20多门，高射机枪10挺。被三五二团歼灭的美军部队是美第二师的一个装甲营。

东线反击战

这个营奉命增援正在溃败的南朝鲜第八师，美军根本没想到在距离前线几十公里的地方，会遭遇到中国大部队的突然袭击。

美军战史资料对这次战斗的描述是：

南朝鲜一个团的溃败又一次导致了一场重大的伤亡。当时，美军一个炮兵连在一支护卫队的掩护下，正沿着横城西北3英里一条狭窄公路北上，显然没有任何侧翼保护。这支部队是去支援北面几英里处的南朝鲜第八师的。

夜间，C.P.部队进行反攻，南朝鲜部队溃败逃跑，接着中国人突然向美军炮兵蜂拥扑来。500多人中仅3人幸存。

掐断敌军南逃之路

在横城反击战中，志愿军另一个师创造了志愿军在朝鲜战争中一个师在一次战斗中歼灭"联合国军"最多、缴获最多的纪录。

这个师就是第三十九军的一一七师，师长张竭诚。

在横城反击作战中，第三十九军担负的任务是牵制砥平里地区的"联合国军"。

根据彭德怀的指示，为了加强横城方向的突击力量，决定把第三十九军的一一七师配属给第四十二军。一一七师受领的任务与第四十军一一八师的一样：打穿插。

然而一一七师出师并不顺利。

师长张竭诚领受任务后，立即率领部队向反击发起线前进。

趁着月光，全师安全地渡过汉江，经过连续两个夜晚的行军，终于接近了目的地龙头里。

但是，在向龙头里靠近的时候，美军的夜航飞机在距离前沿 10 公里左右的地方连续轰炸，形成了一道严密的封锁线。在组织部队通过封锁线时，副师长彭金高负伤。

张竭诚刚安排人把彭金高抬下去，又传来更为不幸的消息：政治部主任吴书负重伤。

东线反击战

张竭诚立即组织人把吴书抬过了对方封锁区，在一间民房里，医生们开始对他进行紧张的抢救。

吴书的胸部和头部都被弹片击中，鲜血已经把军装浸透，他呼吸微弱，脸色苍白。突然，他颤抖着伸出手来握住了张竭诚的手，叫了一声"师长"之后，便闭上了眼睛。

到了龙头里，开师支委会，少了两个常委，气氛异常沉重。

张竭诚再次坚决地重申了全师的任务：11 日夜，从上吾安里敌接合部的间隙进入战斗，沿药寺田、仓村里、琴垡里一线，向横城西面的夏日、鹤谷里实施穿插迂回，务必于 12 日 7 时前占领夏日、鹤谷里公路西侧的有利地形，彻底切断对方的退路，配合正面攻击部队歼灭安兴的南朝鲜第八师及美第二师一部。

其部署是：以三五一团为前卫，攻占夏日公路，三四九团负责攻占鹤谷里，三五〇团为师预备队。

1951 年 2 月 11 日，志愿军们睡了一个白天，提前吃了晚饭，携带了 5 天的干粮，并配足了弹药，每人左臂上系上了白色的毛巾。16 时 40 分，他们进入了穿插的出发地，一个叫儿柴里的小村。

大雪茫茫，连亲自带作战科长到这里侦察过的张竭诚也分辨不出哪儿是道路了。群工科找来了两位朝鲜向导，一个分给了前卫团，一个留在了师指挥部。

17 时，反击的炮声响了，正面攻击的部队开始了行动。根据第四十二军指挥部的指示，一一七师的动作与正面攻击部队同时开始，于是，张竭诚命令：

前卫团，出发！

一一七师，7000人的队伍，依照三五一团、师指挥所、三四九团、三五〇团、机关、后勤分队的序列，开始了大规模的穿插行动。

公路两边的民房在对方飞机的轰炸中燃烧着，凝固汽油弹的气味令人窒息。一一七师沿着公路前进，如同在火海中穿行。

半个小时之后，全师进入黑暗的山谷，他们悄悄地穿过南朝鲜第八师十六团的阵地左翼，除了尖刀连不断地与对方排级规模的搜索队遭遇之外，一路没有大的战斗，全师一直不停地向夏日前进着。

午夜，张竭诚突然接到报告：三五一团走错路了。核实之后，张竭诚立即调整部署。这时三五一团的电报来了，他们已经知道走错了，决定翻山去夏日。

邓华指挥部来电：

正面攻击部队已突入对方阵地，对方开始向横城方向溃败，望穿插部队按规定时间到达阻击地点。

东线反击战

063

师侦察队奉命抓个俘虏查问情况，但他们在崎岖的山路上搜索好久，根本见不到一个人影儿。

正着急，发现在雪地中有一根美式的军用电话线，顺电话线前进，见到一个小村落，靠近一间房舍，听见说话声，是美国人。

排长吴永章一挥手，侦察队员们扑上去。战斗很快结束，抓到30多个美军士兵。一问，是美第二师九团的一个排，他们担任着南朝鲜第八师的后方警戒。

跟上来的三四九团的士兵又带来一些俘虏，是南朝鲜士兵，他们身上都有一个红布口袋，这是新兵的标志。

所有的俘虏站在雪地上直发呆，他们无论如何想不明白，这些志愿军是从哪里来的，自己怎么会在战线的后方被俘虏。

部队继续前进。遇到一座满是积雪的大山，上到山顶的时候，士兵们已精疲力竭。天开始亮了，往山下一看，一条公路延伸而来，这就是鹤谷里。公路上一片寂静，志愿军们知道，他们已经跑在对方汽车轮子的前边了。

本来是前卫的三五一团走错了路。意识到这个错误的时候，一群散兵乱哄哄地插进了他们的队伍，是一群溃退下来的南朝鲜士兵。

短暂的交手之后，俘虏说有一条近路可以去夏日，于是就让这个俘虏带路。

这可真是一条近路，可以说根本没有路，志愿军们跟在南朝鲜俘虏的后面，在雪地上跌跌撞撞地前进，下山的时候几乎是滚下来的。

南朝鲜俘虏真的把三五一团带到了夏日。刚到达那里，就看见公路上的汽车一眼望不到头地排列着。侦察队又抓来个俘虏，审问后得知，这是美第二师九团的部队，以及南朝鲜第八师撤退下来的部分人员，并且他们已经知道志愿军到达了这里，正在抢占公路边的高地。

最先到达的是三五一团的二营。二营没有犹豫，立即发起了攻击，虽然眼前的对方数量至少是二营兵力的一倍。

志愿军们把疲劳和饥饿丢在脑后，勇猛地冲了过去！美军和南朝鲜士兵几乎没做反抗，就让志愿军俘虏和打死了 200 多人，志愿军迅速占领了公路两侧的高地。

东线反击战

漂亮的阻击战斗

三四九团团长薛复礼为部署部队占领所有的要地，正在各个山头之间奔跑，听见有人冲他喊什么，回头一看，8个南朝鲜士兵正坐在不远的地方烤火！

这些南朝鲜士兵左臂上都扎着新兵的红布条。他们把戴着美军军官帽子、穿着南朝鲜军官呢大衣的薛复礼当成自己的长官了。薛复礼走过去，拔出手枪就射击，连续两枪都是不发火的子弹，第三发才响，那些南朝鲜士兵早跑了。

张竭诚打电话对薛复礼说："我看见敌人的坦克跑来跑去，要组织打坦克！把路给堵死！"

一名叫赵鸿吉的班长带着几个战士，钻在一座小桥下面对坦克下了手，连续炸毁的两辆坦克将公路堵死了。

此时，南逃的"联合国军"开始突围。

一一七师开始了顽强的阻击战斗。

三五一团在最前沿。美第二师九团全力向二营阵地猛烈攻击。四连在最前面，他们卡在公路上向每一辆企图突出去的汽车开火。

美军向四连阵地连续进攻，二排出现了巨大的伤亡，阵地上只剩下了副排长和两名战士，他们和再次冲上来的美军士兵扭打在一起，直到牺牲。

四连把连队的文化教员、炊事员、司号员、通信员都组织了起来，顽强地坚守在连队的主阵地上。

五连在连长、指导员及所有连级干部全部牺牲之后，司号员马德起代替指挥，始终坚持在阵地上。

从北面撤退下来的"联合国军"越来越多，汽车和坦克把数里长的公路挤得水泄不通，天逐渐黑下来的时候，空中升起了3颗信号弹，志愿军的总攻开始了。

公路上，在连成一片的枪炮声中，尖厉的军号声令美第二师和南朝鲜第八师的官兵们感受到世界末日的到来。

美军的飞机在盘旋，扔下的照明弹把战场映成白昼。

到处是汽车和坦克燃烧的大火，志愿军士兵冲上公路，与"联合国军"士兵混战在一起。

午夜时分，战斗结束。

一一七师歼灭"联合国军"3350名，击毁和缴获汽车和坦克200余辆，各种火炮100多门。

志愿军发动的横城反击作战迫使南朝鲜第三、第五、第八师，以及美第二师的一部、空降一八七团开始全面后撤，从根本上打乱了"联合国军"部署，极大缓解了志愿军在整个战场上面临的压力。

东线反击战

主动撤退砥平里

1951 年 2 月 13 日晨，面容疲惫的美军第二师二十三团团长弗里曼上校站在砥平里环形阵地的一个土坡上，正等待着美第十军军长阿尔蒙德将军的到来。

天空依旧是雾蒙蒙的，广袤的雪野十分寂静，看来司令官的直升机还要等一阵子才能飞来。

连续两天两夜的枪炮声响彻砥平里的四周，令这位美军上校一直处在神经高度紧张的状态之中。

横城方向的坏消息不断地传来：美第二师和南朝鲜第八师都在迅速溃退。弗里曼上校担心下一个就轮到他了。

现在，在砥平里一个不知名的小村庄，所有的"联合国军"士兵都在连续不断的炮声中来回跑动，指挥所里充满大祸临头的气氛。

每当黑夜来临之际，弗里曼就睡不好觉，在他的"高度戒备，准备迎击中国人的进攻"的命令下，士兵们也彻夜紧握着自动步枪，紧张地等待阵地四周响起志愿军的胶鞋底摩擦冻土的声音，以及那摄人心魄的尖厉的小喇叭声。

然而，两天过去了，志愿军却没有来。

但是，弗里曼终究放心不下，他向 4 个方向都派出了侦察队，侦察队员几乎同时回来报告说，发现志愿军在东、西、北3个方向正在集结部队。

在这一带上空例行公事的侦察机飞行员也报告说，发现一支庞大的中国部队正从北面和东面向砥平里集结。

另外，早上师部派出的企图北上与砥平里取得联系的一支侦察队，走到砥平里以南大约6公里的地方遭到来历不明的志愿军的袭击。

一切情况再清楚不过了：砥平里阵地孤零零地嵌在中国人的攻击线上，二十三团已经被包围了。中国人肯定在策划着一次对这里的攻击，只有白痴才会在这里等着志愿军潮水般的攻击。

二十三团必须立即撤退。弗里曼决心带领部队一走了之。整个战线都向后撤了，二十三团单独顶在这里没有任何道理，但愿那个脖子上总是挂着两颗手雷的家伙不会把二十三团的这些弟兄们忘了。

弗里曼忘不了自己向砥平里北进时遇到的麻烦。在一个叫做双连隧道的地方，二十三团由60人组成的侦察队受到志愿军的伏击，米切尔中尉带着士兵们丢弃了所有的重装备跑到山上，这个过程中就有9个新兵因为害怕而落后，他们全部被志愿军士兵打死了。

志愿军一次又一次地向山上攻击，弗里曼派出F连前去营救，结果F连也陷入志愿军的攻击之中，处于投降的边缘。

直熬到天亮，在飞机轰炸的掩护下，幸存者才被救

东线反击战

出来，直升机从那个阵地运回的尸体比活着的人多了一倍。

弗里曼知道，中国人一旦开始攻击，就决不会轻易停止，他们的顽强和勇猛是著名的，最好还是不要跟中国人交手。

接近中午的时候，阿尔蒙德的直升机终于来了。

阿尔蒙德一下飞机，立即就砥平里的问题和弗里曼进行了认真研究。他听取了弗里曼关于立即撤退的建议及其理由，阿尔蒙德同意了弗里曼的要求，至少他觉得没有必要把这个团放在志愿军的虎口上，况且团长都没有在这里坚持下去的信心了。

阿尔蒙德表示了"同意撤退"之后就飞走了。弗里曼立即命令参谋人员制订撤退计划。

当弗里曼开始收拾自己的行装的时候，却收到了一条他万万没有想到的命令：

不准撤退，坚守砥平里！

命令是李奇微亲自下达的。李奇微对阿尔蒙德说："你要是撤出砥平里，我就先撤了你！"

坚守砥平里的决定出于李奇微对整个战局的独特判断，他因此成为真正令彭德怀感到棘手的战场对手。

李奇微认为"霹雳作战"并没有因为志愿军在横城地区的反击而受到严重的挫折，美第二师和南朝鲜第八

070

师的损失仅仅是志愿军在无关全局的阻击战中的一种孤注一掷。志愿军局部的进展并不意味着全面的困境得到缓解，在极端困难的情况下勉强发动的攻势反而令现在的志愿军更加困难。

李奇微还认为"联合国军"在志愿军的横城反击之后，战线的形状并没有大的根本上的改变，因此，放弃砥平里这个位于前沿的交通要道，势必令美第九军的右翼空虚，如果志愿军再趁势攻击的话，很可能招致整个战线的崩溃，"霹雳作战"便收不到预期的效果了。

李奇微相信他曾经在汉城的撤退中向其"致意"的彭德怀也会看到这一点。

于是，他的结论是："敌军认为攻占砥平里是绝对必要的，因此我军无论如何要确保砥平里，不管付出多大的牺牲。"

李奇微给第十军下达的作战命令是：一、砥平里的美第二师第二十三团，死守砥平里阵地；二、第十军以位于文幕里的美第二师第三十八团即刻增援砥平里的第二十三团；三、美第九军、英第二十七旅和南朝鲜第六师，向砥平里与文幕里之间运动，封闭美第十军前面的空隙。

砥平里，这个小小的朝鲜村庄注定要成为一个空前惨烈的血战之地。

砥平里，坐落在一个小小的盆地中，小盆地的直径大约 5 公里，四周都是小山包：南面是最高的望美山，

东线反击战

标高 297 米，西南是 248 高地，西北是 345 高地，北面是 207 高地，东北是 212 高地。

接到死守阵地命令的弗里曼开始重新制定防御部署。形成环形阵地当然是最好的，但其周长至少有 18 公里。弗里曼的兵力不够，二十三团的兵力虽然包括法国营在内有 4 个步兵营，以及 1 个炮兵营和 1 个坦克中队，总人数约 6000 人，但是要在这么长的环形范围上部署没有缝隙的阻击线还是不够。

弗里曼在清川江边吃过由于防御阵地有缝隙而让志愿军钻到身后的苦头。最后，弗里曼划定了直径为 1.6 公里的环形范围，并开始修筑阵地。

美军第二师二十三团在砥平里最后完成的防御体系是：一营在北面的 207 高地的南端，二营在南面的望美山，三营在东面的 202 高地，法国营的阵地地形最不妙，处于砥平里西侧一片平展的稻田和铁路线的周围。各营之间没有缝隙。

即使这样，弗里曼还是觉得兵力太少，不得不把预备队减少到危险的程度：团只留一个连，各连只留一个排。为了使这个远离师主力团、背后达 16 公里的纵深地带安全，只能在阵地中间加强钢铁的防御了。

弗里曼在环形阵地内配备了 6 门 155 毫米榴弹炮、18 门 105 毫米榴弹炮、一个连的高射武器、20 辆坦克和 51 门迫击炮。

环形阵地的前沿，全部环绕着坦克，并挖了壕沟，密集地布置了防步兵地雷和照明汽油弹。

各阵地之间的接合部，全部用 M－16 高射机枪和坦克作为游动火力严密封锁，甚至在志愿军可能接近的地方，二十三团还泼水制造出陡峭的冰区。

2 月 13 日傍晚，二十三团完成了火炮的试射，并测试了步兵、坦克和炮兵之间的通信联络系统，并且准备好了充足的弹药和食品。

天黑了，四周寂静得十分可怕。美军和法军士兵各自守在阵地的战壕里，等待着他们无法预知的命运。

志愿军确实要攻打砥平里。对志愿军来讲，横城反击作战取得了可喜的战果，特别是美第二师位于横城的部队已经开始撤退，南朝鲜第八师的战斗力也遭受了重创。于是，按照常规，砥平里的美军为了不至于孤立无援定会向南撤退，而如果趁其撤退之时在运动中给予打击，确实是个扩大战果的好战机。

另外，当时志愿军对砥平里美军的了解是：不到 4 个营的兵力已经逃得差不多了，对方所依托的是一般的野战工事，这绝对是一块送到志愿军嘴边的肥肉。

志愿军攻击砥平里先后投入了 8 个团，8 个团来自第三十九、第四十、第四十二 3 个军，而负责战场统一指挥的是第四十军的——九师师长徐国夫。

但是，配合攻击砥平里的炮兵第四十二团，因为马匹受惊暴露了目标，遭到了空袭，不能按时参加战斗。

这意味着火力本来就弱的志愿军没有了炮火支援，

东线反击战

第四十二军一二五师三七五团在向砥平里靠拢的路上，遭遇到对方而受阻。第四十军一一九师三五六团没能按时赶到攻击地点。

徐国夫只能指挥三五七团和三五九团两个团，在双方兵力和火力对比严重失衡的情况下，在13日晚发起了攻击。

徐国夫当时不知道，其实还有几支中国部队也参加了对砥平里的攻击，只是由于通信手段落后，他们没能互相联系上。

在志愿军发起攻击时，战士们的无所畏惧的献身精神在砥平里被火光映红的夜晚迸发出耀眼的光芒。

三五七团三营七连在连长殷开文和指导员王玉峋的带领下，向着对方炽热的火力扑上去。

突击排在通过冰坡的时候，在对方射来的猛烈炮火下，战士们仍然顽强突击，占领了对方的前沿阵地。但是，立刻受到美军极其猛烈的炮火袭击，连长殷开文牺牲了。

阵地开始在中美士兵手中来回易手，志愿军连指导员也牺牲了。七连在美军的阵地前沿与之争夺，一点点地接近美军的主阵地。

三五九团九连指导员关德贵是个有名的"爆破英雄"，在第一次战役中他带领士兵顽强地坚守阵地，手和脚都被凝固汽油弹严重烧伤。

在这次攻击中，他带领突击队冲在最前面。在攻击第一个山头的时候，他的胳膊负伤；在打第二个小山包的时候，他的腿又中弹，棉裤和棉鞋都被鲜血浸透。

徐国夫指挥着两个团一直打到天亮，战斗打得非常激烈。天一亮，形势对志愿军越来越不利了。

第三十九军一一五师奉命参加打砥平里的战斗时，全师上下都很高兴。在 13 日研究作战计划时，师长王良太主张以三四四团为一梯队，三四三团为二梯队，三四五团为预备队进行攻击。

三四三团团长王扶之对这个主张有意见，王团长是个敢打硬仗的好手，他觉得把他列在二梯队心有不甘，他提出三四三团和三四四团并肩打进去。

师长和政委交换了意见，同意了王扶之的建议。

在黄昏时候，三四三团开始攻击。在攻下第一个山头的时候，他们向师指挥部报告："我们打到砥平里了！"

师指挥部的回答是：攻击并且占领！

当王扶之再次打开地图核对的时候才发现，他们打下的根本不是砥平里，而是砥平里外围一个叫马山的山头。

更让王扶之意外的是，通过对俘虏的审问才知道，砥平里根本不是"没多少敌人"，拥有大量坦克、大炮不说，光兵力就有 6000 多！

王扶之赶快向师指挥部作了汇报，并且立即命令部队，在天亮之前，无论如何要做好防止对方向马山外围

东线反击战

反击的准备。

参加对砥平里攻击的第四十二军一二六师三七六团被配属第三十九军，接到攻击砥平里的命令后，团长张志超立即带领部队开始行动。他们迅速拿下挡在他们攻击路线上的一座小山，并且按照地图上所指示的路线，向砥平里扑过去。

当按照判断的方位和计算的行进时间应该到达砥平里的时候，他们发现山谷中有一个小村子。

在夜色中，三七六团看到这里有开阔地，有房舍，有公路，有铁路，一切都和地图上的砥平里标志差不多，于是三七六团毫不迟疑地开始了强攻。

二营打头阵，团属炮兵压制对方的火力，三营从侧翼配合，尖刀班的士兵每人带着 10 多枚手榴弹，冲进村庄一齐投掷，霎时间这个村庄被打成了一片火海。

守在这里的美军终于顶不住了，在暗夜中溃退而去。

团长张志超兴奋地向师指挥部报告："我们已经占领砥平里！"

指挥部一听很高兴，没想到砥平里这么好打，还有几个团还没用上呢！于是命令同时向前运动准备攻击砥平里的三七七团停止前进，因为砥平里的战斗结束了。

一二六师师长黄经耀是个有经验的指挥员，越想越觉得事情恐怕没有这么容易，于是又打电话给张志超，问："你给我仔细看看，公路是不是拐向西南？铁路是不是拐向东南？"

张志超说:"这里的公路和铁路是平行向南的!"

黄经耀脑袋嗡的一声就大了:"张志超!你误了大事了!你打下的那个地方叫田谷,砥平里还在田谷的东南!给我立即向砥平里攻击!"

三七六团立即集中部队,以一营为主攻,向真正的砥平里攻击。

一营在7门山炮和23门迫击炮的支持下,连续向砥平里攻击了3次,炮弹很快就打光了,这个时候,天亮了。

美军的飞机铺天盖地而来,轮番在志愿军的所有阵地上进行了前所未有的猛烈射击和轰炸。

这次,美军也下了血本,志愿军的官兵们自从入朝作战以来,还没有见过这么多的飞机集中在这么一块巴掌大的天空中。

美军飞机整整轰炸了一个上午,然后,砥平里的美军和法军开始出动坦克和步兵,向志愿军的阵地进行极其凶狠的反击。

在三四三团二营的马山阵地,从砥平里出击的美军和法军多达5路,火力之强令阵地上的志愿军抬不起头来。

二营的班和排的建制已经被打乱,但从不同方向冲击而来的美军,一次又一次地发起冲锋。

二营营长王少伯指挥战士们在马山阵地上坚持了一个白天,无论美军怎样冲锋、轰炸,都没有占领志愿军的阵地。

在另一个方向上的三五九团的阵地上没有可以蔽身的工事。美军飞机来回地俯冲轰炸扫射，这些飞机有的来自美国海军的航空母舰，有的来自南朝鲜釜山的机场，重型轰炸机则来自日本板付机场。它们在很低的高度上掠过，发出的啸音震耳欲聋。

与三五九团阵地相邻的高地依旧在美军的控制之下，美军在高地上使用坦克的直射火炮和高射机枪，居高临下地近距离向志愿军阵地上进行射击。

团长李林一刚在电话机中向各营传达了"坚守阵地"的命令，线路就被炸断了。想和最前面的三营取得联系，但在连续不断的轰炸中，三营根本听不见。

李林一给通信连下了命令：一定要接通电话线！结果连续冲上去的电话员，全部牺牲在半路上。

天终于黑下来了，坚持过白天的志愿军向砥平里主阵地冲击的时刻又到了。

14 日夜晚，志愿军参加砥平里攻坚战的各团都已到齐了，他们从四面八方一齐向这个不到两平方公里的小环形阵地开始了前赴后继的攻击。

在炮弹和手榴弹连续不断爆炸的闪光中，美二十三团各营的前沿阵地同时出现了激战状态。

志愿军冒着美军布置下的一层又一层的拦截火力，毫无畏惧地冲锋，环形阵地内到处是跃动的志愿军的影子。这些身影因为棉衣的缘故，看上去十分臃肿，但他们滚动前进时瞬间即逝。

美军所有的坦克和火炮用最密集的发射速度向四周喷出火焰，在志愿军冲击而来的每一条路上形成一面面弹雨之墙。

接近午夜的时候，激战到达最高潮，战场上空大约每过5分钟就升起一群密集的照明弹，而由几十条曳光弹组成的光带，接连不断地平行或者交叉地在照明弹的白光之下穿过。

美军支援而来的夜航飞机投下了由降落伞悬挂着的更为刺眼的照明弹，长时间地如巨大的灯笼一般在砥平里双方士兵的头顶摇荡。

望美山方向的美军阵地在午夜时分失守了，二营G连的一个排只剩下施密特中士还活着，三排也只剩下了6名士兵。

在营长爱德华的严厉命令下，连长希斯得到了弗里曼团长从团预备队抽出的一个特种排和几辆坦克的补充，开始对志愿军进行反冲击。

但是，美军负责掩护的迫击炮受到志愿军炮火的压制，反冲击的士兵还没冲出多远就出现了重大伤亡。在继续向前冲击的时候，志愿军的子弹从侧面射击而来，原来旁边的阵地也被志愿军占领了。美军的突击排很快全部伤亡，希斯亲自带领士兵冲击，结果在一个土坎上被子弹打倒。

一个士兵拉着他往回拖，上来的拉姆斯巴格上尉在

东线反击战

照明弹的光芒下看到了这样的情景：这个士兵的胳膊被打烂，一块皮肤挂在断裂的伤口上。他用一只手拉着一个人，这是胸部中弹已经昏迷了的希斯。

在这时，志愿军开始了又一轮冲击，美军 G 连残存的士兵活着逃回环形阵地的，仅仅是很少的几个人。

在砥平里环形阵地中与志愿军彻夜血战的，还有一个法国营，这个营由拉尔夫·蒙克拉中校指挥。

拉尔夫是个具有传奇色彩的法国军人，军服上挂满了各种军功勋章，他在两次世界大战中曾经 13 次负伤，现在一条腿还痛得厉害。

朝鲜战争开始的时候，他是法国外籍军团的监察长，他的军衔本来是中将，但他认为能带领法国军队参加朝鲜战争是一种特殊的荣耀，自愿把自己的军衔降为中校。

当志愿军开始冲击的时候，这个 59 岁的老中校命令士兵拉响手摇警报器，警报器尖锐而凄厉的声音响彻夜空。

这个法国营中的大部分士兵，都是法国原外籍军团的老兵。他们在和志愿军拼刺刀的同时，还跟那些从前沿跑下来的美国士兵顶牛："该死的，回到那边山头上去！反正你得死，不如死在山头上！"

但是，法国军的反冲击也连续失败，弗里曼团长不得不使用预备队来堵住蜂拥而上的志愿军，但是由于 G 连阵地失守，环形阵地已被志愿军突开一个很大的缺口，环形变成了凹形。

就在砥平里环形阵地出现危机的时候，二十三团团长弗里曼上校的手臂中弹了。

也就是在这个关键的时刻，志愿军最不愿意看见的情景出现了：天又一次亮了。

与砥平里血战同时进行的同样残酷的，还有在美军向砥平里增援的途中，志愿军所进行的阻击战。

在那里，志愿军的血肉之躯所要面对的是滚滚而来的美军坦克群。

13 日，当砥平里开始受到志愿军攻击的时候，李奇微命令美第二师三十八团立即北上增援。但三十八团没有走出多远，便受到志愿军的阻击，双方战斗激烈并形成胶着状态。

14 日，砥平里的弗里曼上校一次又一次要求立即增援的电话弄得李奇微心烦意乱，他只有再派出增援部队去解救被围攻中的二十三团。

但是，美第十军正面已经没有可以调动的部队了，如果再增派部队，只有动用预备队。战争中防御一方如果到了动用预备队的地步，至少说明整个防线的兵力布局已到捉襟见肘之时了。

在接近砥平里的地方，有一个叫曲水里的村庄，坦克分队刚刚看见村庄里的房舍，就遭到了志愿军迫击炮的猛烈拦截，长长的坦克队伍被迫停了下来。

无论天上的飞机和地面坦克的火力如何压制，志愿军的子弹依旧雨点般地倾泻而来。

东线反击战

坦克上步兵的任务是掩护坦克的前进，但是这些步兵很快就跳下坦克，跑进公路边的雪坑里藏了起来。

柯罗姆贝茨在对讲机中大喊，但是他的嚎叫阻止不了坦克上步兵的逃跑。

当坦克继续前进的时候，几十名步兵包括两名军官被扔下了。

曲水里是个小村庄，公路从村庄的中央通过。志愿军战士从村庄两侧的高地上向进入村庄的坦克分队进行射击，手榴弹在坦克上爆炸，虽然不能把厚装甲的坦克炸毁，但是坦克上的步兵无处躲藏。

有的志愿军战士直接从公路两侧的房顶上跳到坦克上与美军士兵格斗，并且把炸药包安放在坦克上引爆。

坦克连连长见有的坦克已经燃烧，要求停下来还击，被柯罗姆贝茨上校拒绝了，他叫道："往前冲！停下来就全完了！"

通过曲水里村庄之后，坦克分队的数辆坦克被击毁，搭乘坦克的 L 连 160 名士兵只剩下了 60 人。

在距离砥平里约两公里的地方，公路穿过了一段险要的地段：这是一段位于望美山右侧，于山腰凿开的极其狭窄的豁口，全长 140 米，两侧的悬崖断壁高达 15 米，这里的公路窄得一次仅能勉强通过一辆坦克。

当柯罗姆贝茨的第一辆坦克进入隘口的时候，志愿军的一发反坦克火箭弹击中了坦克的炮塔。

4 名工兵乘坐的第二辆坦克进入隘口以后，火箭弹和爆破筒同时在坦克两侧爆炸，坦克上的工兵全被震了下来。

受到打击最严重的是坦克连连长乘坐的第四辆坦克，在被一枚火箭弹命中之后，除了驾驶员还活着，其余的人包括坦克连连长希阿兹在内，全部死了。

幸存的驾驶员把这辆燃烧的坦克的油门加大到最大限度，猛力撞击其余毁坏的坦克，终于使狭窄的公路没有被堵死。

在悬崖上面的志愿军战士把成束的手榴弹和捆在一起的炸药包扔了下来。坦克连连长被炸死了，没人指挥坦克前进了。

冲过了隘口的坦克掉过头压制志愿军对隘口的攻击，没有通过的坦克也在后面向志愿军开火。此时，一直跟随坦克搭乘到这里的步兵成了志愿军射击的活靶子。

至于队伍最后面的那辆收容伤员的卡车，虽在志愿军的夹击下一直跟随到这里，但它只是到了这里，卡车被打坏了，车上的伤员全部下落不明。

冲过隘口，柯罗姆贝茨在坦克中立即看见了在砥平里外围射击的美军坦克以及与志愿军混战在一起的美军士兵。他立即命令与砥平里的美军坦克会合，然后向志愿军围攻的砥平里阵地开炮。

砥平里的美军二十三团听说骑兵一师五团到达的消息，如同得到百万援军一般骚动起来。

实际上，美骑兵一师五团的增援部队到达砥平里的

只有 10 多辆坦克和 23 名步兵，23 名步兵中还包括 13 名伤员。增援的坦克一路冲杀过来基本上已经没有弹药了。因此柯罗姆贝茨上校九死一生地到达了砥平里，除了给了二十三团以心理上的支援外，没有军事上的实际意义。

在 15 日下午，志愿军停止了攻击。

原来，在砥平里坚守的美军并非原来估计的只有两个营的兵力，对方人数不但有 6000 人之多，而且防御工事十分坚固，我军以野战方式攻击根本攻不动，况且对方的飞机、大炮、坦克的火力十分猛烈，我军参加攻击的 3 个师所有的火炮加起来才 30 多门。兵力和火力的对比如此悬殊，拿下砥平里是很难的。

由于志愿军已经失去歼敌的机会，没有必要与美军硬拼下去，邓华向志愿军总部建议撤军。

15 日 18 时 30 分，志愿军总部收到邓华指挥部的电报。电报内容如下：

彭洪解并金韩：各路敌均已北援砥平里之敌，骑五团已到曲水里。今上午已有 5 辆坦克到砥平里，如我再歼砥平里之敌将处于完全被动无法机动，乃决心停止攻击砥平里之敌。已令四十军转移至石阳、高松里、月山里及其以北地区。三十九军转移至新仓里、金旺里、上下桂林地区。四十二军转移至蟾江北岸院垈里、将山岘以北地区。六十六军转移至原州以北地区。一二六师转移至多文里、大兴里及川北地区，并以一部控制注邑山。各军集结后。再寻消灭运动之敌。因时机紧迫未等你回电即行处理毕。

彭德怀认为确实有必要撤退，没有必要在这个小旮旯与敌纠缠，于是命令停止战斗，主动撤退。

于是，参战的志愿军各师团立即脱离与美军接触，积极主动撤出战斗。

美军的增援部队源源不断，但是都扑了个空。

东线反击战

制订轮番作战计划

1951 年 2 月，早在横城战役之前，彭德怀就曾给中央军委发去电报，要求紧急补充兵员。

彭德怀还建议：

中央速调十九兵团分三路，入朝增援。

正当十九兵团往东北开进的时候，彭德怀请求增兵的电报又一次到达了中央军委。

周恩来曾对兵员补充提出三种解决方案：

第一是抽补兵员，就是从每个军抽调一部分兵员来补充。第二是抽补建制，就是用成建制的部队补充上去。第三个办法是换班补充，就是预备好二线部队，当一线一个军或一个师需要补充兵员时，他们就会到后方休整，把二线部队开往一线。

在这三个方案中，周恩来觉得第三个是最好的。

毛泽东也在思考着朝鲜战场上我军的兵员补充问题。他从朝鲜战场上的局势和彭德怀的报告中看出，美军不被大量消灭是不会轻易罢手的。

为坚持长期作战，大量地消灭对方的有生力量，最终解决朝鲜问题，中央军委经过反复的研究决定：

在朝鲜实行轮番作战的方针。

具体方案由周恩来拟订。

周恩来连续召开会议，经过反复研究，最终形成一个草案，然后交给毛泽东审阅。毛泽东很快给周恩来写了一封信，他在信中又提了几点建议。周恩来根据毛泽东在信中所提建议，迅速对方案作了修改。

此时，中央军委制订的轮番作战计划是：

正在朝鲜作战的 9 个军 30 个师编为第一番；第十九兵团 3 个军、第二十兵团两个军、二野北调的 3 个军及第四十七军，一共 9 个军为第二番；第十三兵团 4 个军与二野在 3 月份第二次向北开进的 3 个军及董其武兵团的两个军，共 9 个军 27 个师为第三番。第二番志愿军计划于 2、3 月份开往朝鲜，之后，第一番志愿军逐步退出战场，进行休整。

东线反击战

为了使前线指挥不受这一新方案的影响，中央军委决定志愿军司令部、政治部及第十三兵团原有机构和工

作人员均不调回，仍旧留在朝鲜前线继续工作。十三兵团所属的工兵团，各军所属的炮兵团、后勤机构、车辆及担架团，各兵站分部及一切运输工具、物资弹药和医院，均留在朝鲜战场，移交给第二番作战部队使用。

同时，中央军委还命令东北军区及军委总后勤部调整在朝作战部队的运输工具，保证每团有 10 辆大车，每一万人有 20 辆汽车。

后来，由于第九兵团的广大官兵不愿回国休整，坚决留在朝鲜。中央军委经过慎重考虑，表示同意。

由于第九兵团留在朝鲜，继续参加作战。中央军委又对轮番作战计划作了一次修改。兵员补充、武器装备、后勤补给等事项也按照新修改的方案进行。

三、 运动防御战

● 但"联合国军"仍旧向其原驻地倾泻了一万多发炮弹，然后小心翼翼地攻了上去，却发现阵地上空无一人。

● 彭德怀在和金日成商量之后，决定不计一城一地的得失，主动放弃汉城。

● 等他苏醒过来发现，美军早已跑得无影无踪了。"阵地是我们的，我们胜利了！"他步履蹒跚地跑向负伤的班长报喜。

转入全面防御

志愿军在砥平里攻坚战中主动撤退后，彭德怀主持召开会议，总结了经验教训。志愿军总部首长，各兵团、各军领导都参加了这次会议。

彭德怀首先问道："经过几次大小战斗，不知道大家对战局有什么新的看法？"

大家开始热烈讨论。

韩先楚在会上对志愿军面临的形势作了深入的分析。他说：

> 我们的弱点是交通运输改善不大，还比较困难。现在6个军连经4次战役，一方面战斗减员比较严重，另一方面动员补充的新兵还没有送到。
>
> 第十九兵团于2月17日从安东出动，和其他新入朝的各军一样，他们最快也要到4月初左右才能赶到"三八线"附近。可以说，部队现在正处于"青黄不接"的状态，大家得注意这一点。
>
> 另外，敌人的装备非常优良，陆海空三军协同作战，机动能力比较强，所以李奇微可能

继续进攻，乘志愿军第二批入朝参战兵团和补充兵员还没有到达前线的机会，向"三八线"挺进。

彭德怀同意韩先楚的看法，他说："从此次敌人的进攻可以看出，不消灭美军主力，他们是不会退出朝鲜的，这就决定了这场战争的长期性。下一步我们要争取两个月时间进行准备。为了实现这一目标，必须采取积极的姿态，集中兵力，改善交通运输，囤积作战物资，把敌人引诱到汉江以北地区，然后迂回穿插，前后夹击。这样的话，效果会比较好。"

然后，彭德怀给大家讲了一下他所计划的歼灭对方的区域，并说明了具体的作战方针，彭德怀的讲话博得了大家的掌声。

接下来，彭德怀又给大家讲了有效阻止对方进攻的3个步骤：

运动防御战

1. 韩先楚集团按现在阵势，部署汉江北岸经礼峰山、清溪山到白云峰一线。邓华集团的第四十二军在中元山、龙头里到圣智峰一线构筑阵地；第六十六军在横城南北地区构筑阵地；第三十九军和第四十军作为机动突击团，力求寻找敌人进攻中的空隙，寻机歼敌一部，制止敌人的冒进。金雄集团在酒泉里攻歼南朝鲜军

第五师一部，得手后撤到居里坪、上下安兴里、芳林里一线以北地区布防。各集团在各自战线上，尽力迟滞敌人的进攻，争取20天到一个月的时间。当然了，坚持时间越长越好。

2. 人民军第一军团和第五十军在汉城到议政府一线地区节节抗敌，第三十八军从第一线阵地到祝灵山、禾也山一线地区抗敌，第四十二军和第六十六军从第一线阵地到罗山、斗陵山、五音山、脚踏山以南一线地区抗敌，金雄集团从第一线阵地甲川里、自主峰、大美山、巨文山一线地区抗敌。在抗敌时，各部队都要采取运动防御的方式，节节抗击，争取到一个月时间。

3. 志愿军各部队在斗浦里、金谷里、芒碣山、七峰山、团师峰、祝灵山、禾也山、斗陵山、垒房山、台议山、凤腹山、太岐山到白积山一线主阵地，经过节节抗击，争取到20天时间。

大家纷纷点头同意彭德怀的看法。
彭德怀接着说：

由于我军在火力上不占优势，阻击起来困难很多，所以在阻击兵力配置上，应采取前轻后重的原则，尽力多控制些机动力量。

这时，韩先楚说："对了。凭我的经验，在阻击战斗中，要多以小规模的部队袭扰敌人的后方，迟滞敌人的进攻。打退敌人的冲锋后，我们也可以趁势发起反冲锋。如果在白天丢了阵地，可以在黄昏组织反击，重新夺回阵地。"

就这样，经过集思广益之后，中朝军队联合司令部命令志愿军和朝鲜人民军全线转入防御。

运动防御战

让美军爬着过来

志愿军在决定转入全面防御以后，决定把汉江南岸的志愿军撤往北岸，并建立三道阻击线阻止"联合国军"的北进，以求在层层防御中大量歼灭对方的有生力量，并为下个阶段的作战赢得时间准备。

2月18日，新上任的美国第九军军长布赖恩特少将向李奇微报告，第二十四师的一些队伍发现前方志愿军阵地已空无一人，李奇微派出的巡逻队也证实第八集团军中部前线的志愿军已开始全面撤退。

这让李奇微欣喜若狂，他为自己的新战术而感到无比骄傲和自豪。

为了不让志愿军占领重要阵地，他计划派第九军和第十军向北挺进，打乱志愿军的阵脚，尽可能多地歼灭对方，李奇微立即决定采取更狠的招数。

2月18日，就在麦克阿瑟视察前线的头两天，李奇微精心抛出了一项新的计划，这次计划的代号为"屠夫行动"。

许多"联合国军"指挥官都认为这个名字太粗俗了，但李奇微本人却对此代号情有独钟。

李奇微在他主持召开的"屠夫行动"作战会议上，给他手下的将领们指明了这次战役的目标，他还特别强调要在战斗中大量杀伤志愿军，并减少自身的伤亡。最后，李奇微对"联合国军"作了具体的部署。

李奇微后来回忆说：

> 我是在2月18日（星期日）夜晚、总司令视察的前两天亲自动手拟定的这份行动计划，并且已向美第九、第十军军长和第一陆战师师长作了扼要介绍。
>
> 可以说，这次恢复攻势使我的计划终于见诸行动。从接任第八集团军指挥职务那一刻起，我就一直在酝酿这个计划，而且，可以说，计划的酝酿工作是在包括总司令在内的各级指挥官普遍存在撤退思想的情况下进行的。

李奇微在回忆中还讲了一段有关"屠夫行动"的趣闻。他说：

> 当我将选定的"屠夫行动"的代号通知五角大楼之后，乔·柯林斯马上就提出了反对意见。他指出，"屠夫"一词肯定会给公众造成一种不舒服的印象。我不明白承认战争就在于杀死敌人这样一个事实有什么可反对的。好几年以后我才听说，这种反对意见是由于共和党的指控引起的，他们指控杜鲁门政府在朝鲜的目

运动防御战

的就是屠杀中国人。

一切准备妥当之后，李奇微命令向汉江南岸的志愿军发起进攻。

此时，志愿军五十军已经撤离了汉江南岸，但"联合国军"仍旧向其原驻地倾泻了一万多发炮弹，然后小心翼翼地攻了上去，却发现阵地上空无一人。

接着，美第三师、第二十五师向汉江以北进攻，但遭到志愿军的迎头痛击，被迫退回。

在砥平里以北的曹佐里到鹰峰、鸭谷里、横城一线，志愿军与美军展开激烈的战斗，双方屡屡出现胶着的状态。

第六十六军作为第一梯队，承担的任务比较重，他们面对的是美军第一师、第二师和南朝鲜军的第六师。

为了尽可能地减缓"联合国军"的进军速度，第六十六军构筑了两道防御阵地，进行节节抵抗。第一梯队是一九六师和一九七师，一九八师为第二梯队。

2月23日，美军第一师、第二师及南朝鲜第六师向志愿军一九六师和一九七师阵地发起了全线进攻。

战斗进行得异常惨烈，"联合国军"白天依靠猛烈的炮火轰击、飞机轰炸和坦克进攻来夺取志愿军的阵地。

但是，一到晚上，志愿军就又出现在他们面前，志愿军充分发挥夜战近战的优势，把对方赶出阵地，双方就是这样反复地争夺着。

直到 3 月 10 日晚上，第六十六军才开始向后转移。

在六十六军抗击"联合国军"的这段日子里，每一处阵地的争夺都是非常惨烈的。

志愿军基本上是靠一个连或者一个排的兵力去对抗对方的一个营甚至一个团的冲击。更为难得的是我们的志愿军战士，以血肉之躯，靠着手里的轻型武器去抵挡对方飞机、坦克、大炮的攻击，还成功地迟滞了他们进攻的步伐。

2 月 21 日至 3 月 6 日，李奇微总共花了 15 天的时间才前进了不到 5 公里，平均每天不到 0.3 公里。

在稍后的作战会议上，李奇微不无自嘲地说："好像我们是爬着过来的。"

美国的一位著名作家评论说：

　　"屠夫行动"进展缓慢。由于敌军在联合国部队进攻前早已撤退，因而在行动中很少遭遇敌军。联合国部队继续沿两军阵地前线全面向北挺进。到了 2 月 24 日，第一海军陆战师已拿下了横城以南的高地。同一天，第九军军长穆尔将军乘坐的直升机坠落汉江，而后他因心脏病发作而死。海军陆战师师长史密斯将军临时统领军务，直到 3 月 5 日，由威廉·H·霍奇少将接任。

运动防御战

　　"屠夫行动"并未杀伤大量敌人。不过,这次行动却使"联合国军"转入进攻,并提高了第八集团军官兵的士气及使命感。

　　到了3月1日,"联合国军"的战线已推到了"三七线"和"三八线"之间。

主动撤离汉城

"屠夫行动"结束不久，诡计多端的李奇微又推出了一个作战计划，这就是所谓"撕裂者行动"。

这次进攻势头显得更加猛烈了。

3月7日5时50分，天还没有亮，美军第二十五师就开始了攻击前的炮火准备，对方一共用了10个野战炮兵营。

经过20分钟的炮袭之后，美军开始渡江了，激烈的战斗也随之开始了！

第一天，中朝军队一线各军就有8个连队全部牺牲在阵地上。

这个时候，志愿军许多部队在近两个月的机动防御作战中已经打得精疲力竭。而且炮兵由于没了弹药，炮损严重，大多撤往"三八线"以北休整。步兵没有炮火掩护不说，粮食也接济不上，很多阵地仅仅是因为守备分队饥饿而不得不忍痛予以放弃。

毋庸讳言，对于志愿军来说，这仗打得既被动，又吃力。而且当时面临的局面却更加严峻，可还是得打下去！

但志愿军战士凭借着超人的智慧和顽强的毅力，在作战中逐步摸清了对方的进攻战术。

运动防御战

美军每次在发动攻击之前，都要集中强大的炮兵、飞机及坦克火力进行长时间的猛烈轰击，在这种情况下，如果没有好的藏身之处，就容易被大量杀伤。

从3月8日起，中朝联合司令部和志愿军总部连续发出战术指示，要求各级指挥员很好研究对方的进攻特点，改进我之战术，并且明确提出中朝军队防御作战的作战方针是：

积极防御，纵深设防，利用良好地形，节节阻击，迟滞和杀伤敌人，赢得时间，以待后续部队到来进行战役反击。

作战方针还指出，"战役上的积极防御，在战术上应是节节阻击和反击相结合的办法。"在兵力配备上"必须确实贯彻前轻后重的原则"。这已经是比较明确的运动防御的作战方针了。

根据志愿军司令部的战术指示，正在交接防务的中朝军队也改进了战术，他们在宽大正面上采取重点设防、梯次配置和扼守要点、以点制面的部署，实行"兵力前轻后重，火力前重后轻"的原则，以阻击结合反击、伏击、袭击等各种手段，依托每一阵地节节阻击敌人，大量地杀伤消耗对方。

但是战线仍在缓慢北移。

3月9日，彭德怀返回已前移至上甘岭的志愿军总部。

面对"联合国军"咄咄逼人的进攻势头，彭德怀和邓华等商议后，觉得为了节省兵力、减少伤亡、缩短供应线和保持主动，充分准备下一次战役，有必要暂避敌锋。他们决定：

从3月10日起，提前让第一梯队按预定计划采取运动防御，以4至5天时间逐渐后撤至高阳、议政府、清平川、洪川江北岸至丰岩里一带休整，让第二梯队接替防务，继续采取运动防御，节节退至"三八线"地区。

志愿军与朝鲜人民军的交接部署为：

朝鲜人民军第十九师团接替人民军第一军团，第一军团主力转移至开城等地区休整；第二十六军接替第五十军、第三十九军接替第六十六军，第五十军、第六十六军回国整补；第四十军接替第四十二军防务，第三十八军、第四十二军分别撤至肃川和元山以西地区整补。

运动防御战

10日，彭德怀致电中央军委并第三、第十九兵团指挥员陈赓、王近山、杨得志、李志民，决心把对方引诱到容易被我军歼灭的地区，第三兵团集结伊川、谷山、

遂安、新溪公路以东地区；第十九兵团集结至兔山、市边里、南川店地区；第九兵团之第二十军、第二十七军完成补充后集结于平康、金化地区；第二十六军完成迟滞敌进之任务后，集结于铁原及其东南地区。

各兵团按指定地区事先进行准备，必须于 4 月 10 日前全部到达集结位置，待机歼敌。

11 日，彭德怀再电周恩来：

> 为缩短我军防线，决定放弃汉城，采取运动防御，保持有生力量。现运输情况未改善，部队仍经常吃不上饭，就地筹粮亦不可能。

这时候，彭德怀在和金日成商量之后，决定不计一城一地的得失，主动放弃汉城。

11 日，在给周恩来发电决定放弃汉城的同时，彭德怀亦电告柴成文转金日成，通报了与毛泽东等商定的长期作战的作战方针，并特别提出了：

> 作战方针以消灭敌人为主，不必顾虑城市之暂时得失。抗美援朝运动已在中国全面展开，各地动员参军均超过指标。

这实际上是明确告诉给金日成，汉城丢了就丢了，志愿军还是要和他一起打到底，但是，此时只能是且战且退。

3月12日，中朝军队第一、二梯队在预定地域完成防务交接。

3月14日，中朝联合司令部确定：

> 中朝军队下一次战役的起始位置为西起东海岸之长渊，东向新院里、白川里、漏川里、朔宁、芝浦里、华川、杨口、麟蹄、襄阳一线。

为控制这一地域，为新入朝部队争取作战准备的时间，要求前线各部从第二道防御阵地至"三八线"，要阻滞对方20至25天。

同日，夹汉江两岸而进的美步兵第二十五师和第二十四师攻占清平川以南之九岩里，截断了春川至汉城的公路；向洪川江推进的美骑兵第一师、陆战第一师、英步兵第二十七旅已过洪川江，占领洪川，从三面逼近汉城；东线朝鲜人民军第二、第五军团当面的南朝鲜军第一、第三军团也推进至草岘里、下珍富里一线。

当日晨，朝鲜人民军第一军团按联司预定计划主动撤离汉城。

运动防御战

103

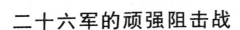

二十六军的顽强阻击战

占领汉城的李奇微，一心要找到志愿军主力并加以沉重打击，他命令"联合国军"继续向"三八线"以北进军，但是这一次他们就没有这么幸运了，彭德怀早已命令志愿军设好三道防御线在等着他们了。

在第一线防御战中，执行阻击任务的是志愿军二十六军、三十九军及四十军。

3月22日起，对方在炮兵、坦克、航空兵的火力掩护下，分别向我二十六军第七十八师、七十七师、七十六师之二二六团的防御正面发起全面进攻。

至此，我军即在西起龙渊里、东至后坪40公里正面上展开防御作战。在38天的运动防御战中，战斗打得非常激烈和残酷。前线的战士们冒着"联合国军"飞机和炮火的猛烈轰击，面对着几倍、十几倍、几十倍的"联合国军"的轮番冲击而临危不惧，坚守阵地，英勇杀敌，战斗到最后一个人，表现出大无畏的英雄气概和牺牲精神。

如坚守绿阳里的第二三团四连一排抗击法国营和美第三师4个连的连续冲击，当对方在坦克、飞机、炮火支援下突破我阵地时，该排战士仍逐壕顽强抵抗，工事被炸塌，人员伤亡大。弹药用尽了，战士们就用刺刀、铁锹、石块与对方搏斗，先后杀伤对方250余人，击毁对方坦克3辆，副排长李圣堂等30余名同志壮烈牺牲。战后，该排被命名为"李圣堂排"。

由二十六军发起的祝灵山阻击战创造了我军以弱制胜的一个典型战例。

祝灵山，主峰海拔879米，有连绵10多公里的9个山头，是扼守汉城—清平里—永固里公路的制高点，是全团防御体系的前哨，也是我军第一防御地带的骨干阵地之一。

坚守该阵地的是第七十六师二二六团七连。

在3月20日至24日的5个昼夜的战斗中，七连依托坚固阵地，以积极主动、坚决顽强、灵活多变的战术，消灭"联合国军"有生力量，英勇奋战，给疯狂进攻的"联合国军"一次又一次沉重的打击。

战斗中，该连创造出以一个班采取伏击手段，击毁对方坦克一辆，消灭对方10多人，自己无一伤亡的光辉战例；也涌现出一批像孤胆英雄王廷吉一样，单人独守阵地，机智勇敢地与对方周旋，终于保住了阵地的战斗模范。

3月23日夜，七连奉命袭击霜洞里的"联合国军"。当攻击信号发出后，全连勇士齐向预定目标冲去，向对方猛烈开火，正在酣睡的两个营的对方守军遭到志愿军的突然打击，乱作一团，四处奔命。

这一战，七连以伤亡9人的代价，取得了毙伤敌100

余人，击毁对方满载弹药的汽车16辆，缴获迫击炮2门和各种武器一大批的重大胜利。

24日上午，对方集中大量兵力向我三连阵地发动了报复性连续攻击。在三连阵地大部被"联合国军"占领的危急时刻，七连奉命增援。

七连全连干部战士不顾对方密集拦截火网，在指导员房光超、副连长陈长胜的带领下及时赶到阵地，与立足未稳之"联合国军"展开激战，消灭"联合国军"20多个人，把"联合国军"赶下山去，胜利地夺回了阵地。

当日下午，"联合国军"集中一个多营的兵力，在飞机、炮火配合支援下，向七连阵地拼命反扑。战斗越打越激烈，七连的伤亡也逐渐增多，指战员们只有一个信念，那就是坚持到黄昏就是胜利。

战士唐兆司的左腿被炸断，仍鼓励大家坚决守住阵地；战士刘树芳拖着被打断的右臂，坚持不下火线，用左臂投弹射击；战士杨金锋的肚子被打穿，用枪托顶住往外滑出的肠子继续射击，直到光荣牺牲；二排长张守玉为掩护全连撤退，在射出最后一梭子弹后，跳出堑壕，抱住"联合国军"一个士兵滚下山涧壮烈牺牲。

七连的同志们就是凭着这种勇敢顽强的精神，粉碎了"联合国军"多次进攻，坚守住了祝灵山阵地。

战后，二三六团七连荣获志愿军司令部、政治部授予的"祝灵山阻击战斗英雄连"光荣称号。指导员房光超获得"二级人民英雄"荣誉称号。

25 日，二十六军转移到仙岩山、七峰山、海龙山、旺方山、晕岳山一线开始二线防御。

二十六军二三二团一连七班奉命坚守 212 高地。上午 8 时，美三师乘坐装甲车、汽车、坦克沿公路由南向北开来，七班趁对方立足未稳，突然开火。全班在打退对方两个加强连的连续进攻后，就剩下秦建彬一个人没有负伤。

傍晚时分，美军又组织了 5 个加强排，向 212 高地发起第三次进攻，秦建彬龙腾虎跃，西边打一阵，东边又打一阵，弄得敌人不知阵地上还有多少人。秦建彬用手榴弹再次把对方打退了。

这时，阵地上一片寂静，只有秦建彬来回走动的脚步声。他要监视对方，又要搜集弹药，又要安慰伤员，他把党证、日记和一些心爱的纪念品用油布包好，埋到地下。做完这些，他拿着手榴弹，一个人守在那里。

太阳下山了，山下的美军士兵以为山上没有人了，便蜂拥而上占领阵地。

一个美军士兵爬到离工事有 10 多米时，发现秦建彬握着手榴弹瞪大了眼睛站在那里，不敢上来，只是招着手叫他投降。

秦建彬当时想用手榴弹消灭他，但对方人很多，一个手榴弹不解决问题，他顺手从掩体中拔出炸坦克的爆破筒，拉了导火索就向对方投去。"轰"的一声巨响，美军就被炸得粉碎了，秦建彬也被震得昏了过去。

运动防御战

　　等他苏醒过来发现，美军早已跑得无影无踪了。"阵地是我们的，我们胜利了！"他步履蹒跚地跑向负伤的班长报喜。

　　战后他所在的七班全体立了一等功，秦建彬也在全军英模大会上以 96% 的票数获得"一级人民英雄"称号。

　　二十六军在二线防御作战中，打得最为激烈的是七峰山阻击战。

　　28 日，美第二十四师、二十五师分别以大约两个营的兵力对我第七十七师、七十六师之二二六团阵地发起攻击。

　　美主力第三师及空降兵一八七团配合坦克 100 余辆，在炮兵、航空兵的支援下，重点向我第七十八师防御阵地七峰山、海龙山、旺方山发动猛烈攻击。

　　志愿军坚守七峰山、海龙山的部队与对方反复争夺 11 次，对方便以坦克 40 余辆揳入基村西侧，企图分割我军七峰山与 278.2 高地之间的联系。

　　然后，对方以一个团的兵力在炮兵、航空兵、坦克火力支援下向我七峰山冲击，我坚守七峰山的第二三四团三营在炮兵火力支援下，连续打退美军 7 次冲锋，毙伤美军 1000 余人。最后，只剩下副营长以下 16 人仍坚持战斗。

　　三营九连四班在抗击对方向 148 高地进攻之时，创造了用反坦克手榴弹击毁美军坦克 11 辆、吉普车 1 辆，自己无一伤亡的战例。

战后，该班被命名为"反坦克英雄班"，班长雷宝森荣获"一级战斗英雄"称号。

3月31日，在二十六军大量杀伤对方，争取时间，胜利完成了在"三八线"以南地区阻滞对方至3月底的防御任务后，当晚奉命除留小分队迟滞对方外，其余部队转移至都贤浦、内石桥、永平、土桥地带继续组织防御，阻滞对方从涟川、釜谷里、中里向铁原方向的进攻。

运动防御战

全面扼制美军攻势

李奇微发起的"撕裂者行动",使得"联合国军"在3周时间内就全线抵达"三八线",但他想的是继续往前进攻,他把新一轮的进攻称为"狂暴作战",目标是进抵"堪萨斯"线。

李奇微将新的作战计划定名为"狂暴作战"。"狂暴",英文为RUGGED,可以理解成"崎岖不平"的意思。不知美军是指越往北朝鲜半岛地势越不平,还是指美军的前途犹如崎岖山路般的艰险。

但真实的情况是,困扰李奇微的问题是,几乎在每一条进攻的线路上,美军都会受到志愿军异常顽强的阻击,局部战斗进行得艰苦而残酷,但是,这也只是志愿军小型的阻击部队。

被命名为"堪萨斯"线的目标线是:从临津江口开始,经过板门店,斜穿"三八线",从涟川北一直到华川水库。这基本上是一条在"三八线"北侧20公里左右、与"三八线"基本平行的战场线。

李奇微所称的"堪萨斯"线全长184公里,西侧依托汉江和临津江的共同入海口,有22公里的水障;中部依托宽达16公里的华川水库。这样,整条战线上就有38公里长的水障。

在这条战线上，"联合国军"进可朝"铁三角"继续推进，退可依托水障从容后撤，能够做到进退有据。

在"怀俄明"线上，"联合国军"可以俯视"铁三角"地区，进可严重威胁"铁三角"，若想撤退则只需后撤约15公里就能退到"堪萨斯"线上。

在"狂暴作战"中，"联合国军"一线各军的作战任务为：

美一军和美九军：美一军西翼留守临津江南岸，向北岸不断派出侦察队探明敌情；美一军东翼和美九军向永平北侧至华川水库之线推进；美九军最西翼的美二十四师，划至美一军战斗序列。

美十军和南朝鲜一、三军：进至华川水库至东海岸杆城南侧之线。

在上述各部到达"堪萨斯"线后，美骑兵一师向汉城东南侧集结，美二师向洪川集结，南朝鲜军一个师向江陵以西集结，会同已于3月29日开始向大邱集结的美一八七空降团作为预备队使用。

一旦中朝军队发动春季攻势，这些预备队就会被派往战线上的告急处。

李奇微认为，由于中朝军队的春季攻势很可能会在不长的时间内发动，在"狂暴作战"中，"联合国军"要一边和中朝军队保持接触以给中朝军队造成压迫和扰乱，一边极其谨慎地推进。

因此，"狂暴作战"中，"联合国军"部队要谨慎地

运动防御战

准备才能发起进攻。

李奇微遂下令各部在 4 月 2 日至 4 月 5 日之间于谨慎准备完毕后开始向"堪萨斯"线推进。

4 月 1 日，美第八集团军向前线各部补充了 1.5 万多名朝鲜民工，用于搬运战地物资。这样，"联合国军"越过"三八线"北上的"狂暴作战"马上就要开始了。

4 月 3 日，麦克阿瑟又一次飞抵朝鲜，在东海岸的南朝鲜第一军作战区域内降落，与李奇微会面。李奇微向麦克阿瑟通报了"狂暴作战"和"无畏作战"的计划，麦克阿瑟表示同意。

随后，麦克阿瑟飞回日本，此时的麦克阿瑟并不知道，这是他最后一次以"联合国军"总司令的身份视察战场。

"狂暴作战"开始不久，随着志愿军的撤退，美陆战一师接近了华川水库。

但是，根据南朝鲜第六师的情报，华川水库不但有志愿军坚守，而且志愿军已经把水库的闸门全部打开了，北汉江江水猛涨，南朝鲜军不少士兵和装备被大水冲走。

打开华川水库闸门，用大水来减缓美军北进的速度，是我军第三十九军一一五师三四四团完成的。他们于 9 日 4 时在师作战科副科长沈穆带领下，来到大坝，让看守水库的朝鲜工人把 10 个泄水闸门全部提了起来。洪水不但冲走了美军的一个炮兵阵地，把公路也冲垮了。

美军陆战一师七团对"水库"这个词特别敏感，他们对不久前在长津水库遭到的厄运至今心有余悸。但是，也许就是在这样的回忆中，他们居然想学习一下志愿军的战术，对华川水库来一个突然的袭击。

李奇微亲自审查和批准了陆战一师的作战计划。

袭击部队以七团为主，特别又配备了一个**特种兵连**。

这次行动，美军一改乘坐汽车白天行军的惯例，**携**带着个人补给品和弹药，开始利用黑夜步行前进。

美陆战一师的袭击部队想突然占领水库，**然后把水**闸关上。

袭击部队到达水库边，在他们乘坐橡皮舟渡水库的时候，被志愿军士兵发现了，立即遭到射击。七团留在北岸的两个连也同时遭到志愿军的猛烈反击，美军部队陷入危机之中。

没有大炮的支援，山高雾大，飞机也支援不了，美军士兵不知道该怎么打仗了。

陆战一师一营奉命强渡水库，但是他们找了一整天都没找到他们认为合适的渡口，断崖上全是志愿军坚固的阵地。正当李奇微的"狂暴作战"计划在逐步实施的时候，他突然接到命令，由他取代麦克阿瑟的职务，就任"联合国军"总司令一职。对于李奇微来讲，这无疑又是一件大好事。

正当李奇微趾高气扬地向"三七线"以北挺进时，彭德怀已经开始构思第五次战役了。

彭德怀在志愿军党委扩大会议上作了重要讲话。他

运动防御战

指出：

> 我们必须在 4 月 20 日左右举行战役反击，消灭敌人几个师，粉碎敌人的计划，把主动权夺回来。

> 实施反击的主要方向是西线汶山至春川一线，该线敌人有南朝鲜第一师、英第二十九旅、美第三、第二十五、第二十四师、土耳其旅和南朝鲜第六师。由于敌人连续的北进作战，其纵深小，援兵主要依靠横向运动，所以我军在战役指导上，实施战役分割与战术分割相结合，战役迂回包围和战术迂回包围相结合的方针。在兵力布置上，拟从金化、加平一线的山区劈开一个战役缺口，将东西两线的敌人分割开，同时以三兵团由正面突击，以九兵团和十九兵团从东西两翼实施战役迂回。

> 北朝鲜人民军分别向当面敌人发起攻击配合作战。

彭德怀要求大家立即抓紧时间进行政治动员和战术教育，组织第一批参战部队的干部向新参战的部队介绍作战经验，并向新参战部队派出顾问，立即开展战役侦察和战术侦察。

同时，对后勤工作的要求是：加强囤积粮弹物资，保证参加这次战役的每个战士能自带 5 天的干粮，后勤分部同时准备可供部队 5 天的干粮随部队前进。

要克服"三八线"一带 150 公里无粮区的困难，不允许战士挨饿的情况发生，如果一两天断粮，再好的作战计划也没有用。

卫生部门做好 4 至 5 万伤员的收容治疗准备。

工兵部队立即开始修筑熙川经德岘里、宁远、孟山到阳德的公路，准备一旦对方从侧后登陆，志愿军的西线交通被切断时作为主要运输线。

10 日，彭德怀将第五次战役的具体设想和部署电告毛泽东。

在中国北京中南海丰泽园内的书房里，毛泽东和周恩来仔细审查了这个战役预案。

毛泽东对周恩来说："美军想在元山这个蜂腰部位做文章，占领这一线，进可攻，退可守，无论是军事上还是政治上都有利，我就不信这个邪！我看彭德怀他们的分析很有道理！"

彭德怀在电报中有这样的表述：

> 现在，我第二番参战部队正在开上前线，而敌军经过两个多月的进攻已很疲劳，伤亡未补充，部队不甚充实，且后备部队尚未来到。抓紧这个时机向立足未稳之敌大举出击，打一个大的战役，以加速朝鲜问题尽快解决……不

运动防御战

然，我军动作慢了，坐失良机，等敌援军上来了，加之海上两栖登陆，势必逼迫我军两面作战，让我处于不利境地。此役原拟于 5 月上旬开始，但为了推迟敌人的登陆，避免同时两面作战，因此提前于 4 月 22 日开始。

这次战役是极为重要的，是一场大恶战。即使付出五六万人的代价，也要消灭对方 5 个师……

"看来，彭大将军的野心确实不小！"毛泽东赞赏地说。

周恩来提醒说：

这样，战役准备时间会很仓促，三兵团的兵团领导班子 3 月 16 日才组建，全兵团按照预定速度，4 月中旬才能到达朝鲜前线。再说，这次的战役无论是从投放的兵力、战线的阔度，还是预想的效果，比起前 4 个战役来都大得多。我们前几次战役的情况证明，一次包围美军几个师、一个整师，甚至一个团，都难以达到歼灭的任务，而这次战役的第一阶段就预定歼灭敌人 5 个师，其中有美军的 3 个师，恐怕客观上难以做到……

116

但是，毛泽东批准了彭德怀的作战预案。

13 日，毛泽东回电同意彭德怀的部署，并且特别强调了警惕美军登陆作战的问题，指出把第四十二军部署到元山方向，以专门确保元山的安全。

志愿军第五次战役发起的时间最后确定为：1951 年 4 月 22 日。

4 月 21 日，"联合国军"进抵开城、高浪浦里、三川里、文惠里、华川、杨口、元通里一线。

这里已经是志愿军的最后防线了，所以"联合国军"虽然费尽了九牛二虎之力，但再也不能前进一步了，随着第二轮战役的展开，第四次战役终于结束了。

这次战役，志愿军是在尚未得到休整和补充的情况下仓促转入防御作战的，各种困难大大超过了前三次战役。

但是，志愿军全体指战员充分发扬了英勇顽强、不怕牺牲、不怕疲劳、连续作战的优良作风，抗击了美军的猛烈进攻。

志愿军以积极的坚守防御、反突击和运动防御作战，歼灭了美军和南朝鲜军的大批有生力量，并有计划地向北转移。

整个战役从志愿军全部转入防御作战的 1 月 27 日起，至 4 月 21 日止，激战 85 天，共毙、伤、俘"联合国军"7.8 万余人，使其平均每天前进不到 1.5 公里，总共只前进了 100 余公里。

运动防御战

中朝军队保全实力并撤至"三八线"以北，所进行的机动防御以空间换取了时间，为进行下一次反击创造了必要的条件，也为掩护战略预备队十九兵团和三兵团的开进集结，实施下一个战役创造了有利条件。

参考资料

《抗美援朝的故事》贺宜等著 启明书局

《抗美援朝战场日记》李刚著 解放军文艺出版社

《中国人民志愿军征战纪实》王树增著 解放军文艺
出版社

《王平回忆录》王平著 解放军出版社

《抗美援朝纪实：朝鲜战争备忘录》胡海波著 黄河
出版社

《血与火的较量：抗美援朝纪实》栾克超著 华艺出
版社

《烽火岁月：抗美援朝回忆录》吴俊泉主编 长征出
版社

《伟大的抗美援朝运动》中国人民抗美援朝总会宣传
部编 人民出版社

《开国第一战：抗美援朝战争全景纪实》双石著 中
共党史出版社

《我们见证真相：抗美援朝战争亲历者如是说》杨凤
安 孟照辉 王天成主编 解放军出版社